유머스캔들

웃길 줄 아는 사람이 먼저 성공한다.

유머는 뜨거운 여름날에 한줄기 소나기와 같은 청량 역할을 하며, 좌절할 때 우리에게 희망을 준다.

절망적인 상황에서도 좌절하지 않고 유머를 말할 줄 아는 사람은 분명 비범한 사람이다. 우리는 그와 같은 한 사람으로 고 정주영 씨를 들 수 있다.

그는 공장에 불이 났다는 보고를 받고는 "괜찮아, 힘 내! 어차피 새로 지을 공장인데 뭘 ….."하고 말하여 당시 많은 사람들이 그의 인품을 새삼스럽게 느끼게 했다.

현대 사회는 유머가 풍부하고 재치 있는 말솜씨

다음 세 가지의 공통점

• 검게 탄 붕어빵.
• 섭 총잡이의 죽음.
• 처녀의 임신.

공통점 – 일찍 뺏어야 하는데 너무 늦었다.

40대 가정주부의 시간

자신들의 부부생활에 대해서 이야기하고 있다.

20대 – 우리는 보통 1시간이야.

30대 – 어머 좋겠어. 우리는 고작 10분이야.

40대 – 어머나 ! 그래요? 우리는 보통 2시간인데.

20대와 30대 깜짝 놀라며, "어머! 정말이세요? 대단하다. 어떻게 그럴 수가 있을까?" 40대 아줌마가 하는 말–1시간 59분, 하는 데 1분!

발기 불능

결혼한 지 20년이 된 부부가 있었다. 그들은 섹스를 할 때마다 남편은 항상 불을 끄라고 한다. 그러던 어느 날, 부인은 약간 우습다는 생각이 들어 남편의 습관을 깨뜨리겠다고 다짐했다. 남편과 격렬하게 사랑을 나누다말고 불을 켰다. 불을 켰을 때 부인이 발견한 것은 바이브레이터였다. 경악을 금치 못한 부인이 말했다.

"어떻게 지금까지 수십 년 동안 나한테 그걸 숨길 수 있지?"

그러자 남편이 말했다.

"알았어! 내가 도구에 대해서 설명할 테니 당신은 우리 아이에 대해서 말해!"

막걸리

　막걸리의 유래는 세종대왕의 명에 의한 것이라고 한다. 이렇게 기록되어 있다.
　"나랏술이 듕귁에 달아 빼갈처럼 취하지 아니할쎄. 이런 전차로 어린 백성이 취하고져 홀배 이셔도 마침내 제 뜻을 사리 펴디 못할 놈이 하니라. 내 이를 위하여 어엿비 여겨 새로 막걸리를 맹가노니 누구든지　수비 담가 날로 마시우매 취하게 하고자 할 따름이니라."

콩 이야기

신혼여행을 온 부부, 신부가 먼저 목욕을 하면서 말했다.

"자기야, 내 핸드백 열어 보면 안돼!"

그러자 신랑은 궁금해서 참다못해 핸드백을 열어봤다. 거기에는 콩 하나와 금반지 하나가 들어 있었다. 별것 아니라고 생각한 신랑은 신부에게 말했다.

신랑 : 미안해. 내가 핸드백을 열어봤어. 그런데 그것 별것 아니던데.

신부 : 그럼 내가 무슨 말을 해도 이혼하자고 하지 않는 거지.

신랑 : 물론이지.

신부 : 콩은 내가 다른 남자와 잠자리 하면서 받은 거야.

신랑 : (요즘 여자들 다 그런 거니까 한번 뿐인데 그럴 수가 있지) 그럼 반지는?

신부 : 콩을 팔아 산 거예요.

도너츠의 비밀

남편과 다섯 살짜리 아들과 사는 부인이 어느 날 아들을 목욕시키기 위해서 옷을 벗기다가 아들 고추가 제 또래의 아이들보다 너무 작다고 느꼈다. 걱정이 된 부인은 아들을 데리고 비뇨기과로 갔다.

"선생님, 제 아들의 고추가 너무 작아 걱정입니다."

"매일 따뜻한 도너츠를 한 개씩 먹이면 될 겁니다."

처방을 받은 부인은 아들을 데리고 도너츠 가게에 가서 도너츠 두 개를 샀다.

그러자 옆에 있던 아들이 말했다.

"엄마, 하나만 사면 되는데."

"한 개는 니꺼고, 또 한 개는 니 아부지꺼다. 이놈아!"

부부 싸움의 도리

- 상대방 주먹의 강도를 알고 덤비니 이것을 지(智)라 한다.
- 비록 상대방이 아픈 표정을 짓더라도 무시한다. 이것을 강(强)이라 한다.
- 때려서 피나는 곳은 두 번 때리지 않으니 이것을 선(善)이라 한다.
- 싸움 도중에 두발이나 의상이 흐트러지면 바로 고치니 이것을 미(美)라 한다.
- 옆집에서 살림을 부수며 싸우는 것을 보고 안타까워 하니 이것을 인(仁)이라 한다.
- 말리는 사람이 있어도 말리는 사람 어깨너머로 주먹을 날리니 이것을 용(勇)이라 한다.
- 맞는 쪽 봐 때리는 쪽이 먼저 사과해야 하니 이것을 예(禮)라 한다.
- 사람을 부셔도 값나가는 것은 부수지 않으니 이것을 현(賢)이라 한다.
- 주먹으로 때려도 '나를 정통으로 때리지 않겠

지' 하고 생각하니 이것을 신(信)이라 한다.
- 싸움이 끝난 후 맞은 곳을 서로 주물러 주고 잔
  해 처리를 함께 하니 이것을 의(義)라 한다.

콘돔과 브래지어

공통점
• 불황을 모른다. 이것 만드는 회사가 망했다는 소리는 못 들었다.
• 본인이 인정하는 사람 외에는 착용하고 있는 모습을 타인에게 함부로 보여주지 않는다.
• 가급적이면 자신의 수준에 맞는 사이즈를 선택해야지 그렇지 않으면 낭패를 볼 수 있다.

차이점
• 콘돔은 유사시에 사용되지만, 브래지어는 유사시에는 찬밥 신세가 된다.
• 콘돔은 사용 직후 버리지만, 브래지어는 재활용이 가능하다.
• 굳이 구분하자면 콘돔은 하의고, 브래지어는 상의에 속한다.

첫날밤에 생긴 일

마침내 여자를 꼬셔 결혼을 하게 된 남자가 첫날밤에 신부가 샤워를 하고 나오기만 눈이 빠지도록 기다렸다.

한참 후 욕실에서 나온 신부의 알몸을 바라보다가 눈동자가 점점 커졌다. 신랑의 시선이 풍만한 가슴을 거쳐 아래로 내려갔다. 드디어 신랑의 눈이 여자의 그곳에 멈추었다. 신부의 국소에 시선을 멈춘 신랑이 펄쩍 뛰며 소리쳤다.

"뭐야! 털이 없잖아? 이건 사기야!" 그러자 신부는 가소롭다는 듯이 하는 말,

"자기! 첫날밤에 뜨개질 하러 왔어!"

개밥

　고등학생인 만득이가 식당을 찾았다. 밥을 먹고 있는데, 한 꼬마가 들어오더니 식당 아줌마에게 말했다.

　"엄마, 개한테 밥 안 줘?"

　아줌마는 꼬마를 보고 말했다.

　"조금만 기다려 봐 저 손님이 먹고 남긴 거 줄게."

　만득이는 배가 고프던 차에 밥을 하나도 남기지 않고 다 먹어 버렸다.

　그러자 꼬마는 울음을 터뜨리면서 말했다.

　"엄마! 손님이 개밥까지 다 먹었어."

걱정

한 회사에서 7년 동안 근속한 한 직원에게 수당으로 7일간의 휴가를 주었다.

그러자 그 직원은 휴가를 거절하였다. 그래서 상사가 그 이유를 묻자 그는 이렇게 대답했다.

"저는 두 가지 이유에서 휴가를 가지 않으려고 합니다. 첫 번째 제가 자리를 비워서 회사 운영이 안 되면 어떻게 하나 하는 것입니다."

"두 번째는?"

"제가 자리를 비워도 회사 운영이 제대로 돌아가면 저는 어찌 하나 걱정이 돼서입니다."

여자를 기름에 비유하면

20대 : 휘발유
30대 : 프로판 가스
40대 : 등유(잘 안 붙음)
50대 : 경유(잘 안탐)
60대 : 폐유

농담인데

먼저 간 아내의 묘를 찾은 농부가 서럽게 울면서 말했다.

"여보, 왜 나를 두고 당신만 먼저 갔소. 부탁이야 한 번만 다시 돌아와 줘."

그러자 갑자기 묘 구석에 뭐가 보이더니 묘석이 들썩거렸다. 놀란 농부는 혼비백산 도망치며 말했다.

"아악, 하느님, 제가 농담한 것 가지고 뭘 그러십니까?"

만지면 져요

초등학생이 여대생을 강간한 죄로 재판을 받게
되었다. 억울하다고 말하는 초등학생 어머니는 재
판석에서 아들의 바지를 내리고 "재판장님, 이 작
은 물건으로 강간을 하다니 말이 됩니까?" 하면서
아이의 물건을 만지작거린다.

이 때 초등학생이 말하기를 "엄마, 만지면 자꾸
커져요. 그러면 우리가 져요."

짐승만도 못한 놈

여관에 남녀 한 쌍이 들어갔다.

방에 들어가자마자 여자는 방바닥에 선을 그어 놓고 말했다.

"저기, 이 선을 넘으면 짐승이야."

남자는 알았다고 말한 뒤 코를 골면서 잠잤다.

아침에 눈을 떠보니 여자가 웅크리고 앉아서 남자를 노려봤다. 그러면서 하는 말,

"짐승만도 못한 놈!"

흔든 죄

　남자와 여자가 길을 가다가 급한 나머지 길에서 노상방뇨를 하였다. 그러다가 경찰에 걸렸는데. 과태료로 남자는 3만 원, 여자는 1만 원을 내라고 하자 남자가 경찰에게 말했다.

　"왜 남자가 더 많지요?"

　경찰이 하는 말, "남자는 흔들었잖아."

중증 치매환자

- 치매 1기 : 나이 50이 넘어서도 마누라 앞에서 물건이 서는 남자.
- 치매 2기 : 마누라와 성관계 후 연락을 해달라고 명함을 주는 남자.
- 치매 3기 : 이런 얘기 듣고 웃지 않는 남자.

박박 우기는 여자

- 구제역이 구파발 다음에 있다고 우기는 여자.
- '몽고반점이 강남역에 있다고 우기는 여자.
- 낙성대가 서울대 분교라고 우기는 여자.
- 고 김대중 대통령이 조선일보 주필이었다고 우기는 여자.

치매의 단계

- 1단계 : 오줌 누고 물건을 넣지 않은 채 지퍼를 올리는 단계.
- 2단계 : 소변 보고 옆에 있는 사람의 물건을 털어주는 단계.
- 3단계 : 손자 오줌 뉘면서 "쉬쉬" 하다가 자기가 싸는 단계.

밥 먹고 합시다

아들이 학교에 갔다 오니까 방문이 잠겨 있었다. 그런데 방안에서 이상한 소리가 들려왔다. 아들은 방안에서 무슨 일이 벌어지고 있구나 생각하고 밖에서 기다리니 30분이 지나도 소식이 없자 아들이 문을 탕탕 치면서 말했다.

"밥 먹고 합시다."

엉뚱한 횡재

두 남자가 자동차로 시골길을 달리다가 차가 그만 고장 나서 인근에 있는 집의 문을 두드렸다. 그런데 한 과부가 나왔다.

"자동차가 고장이 나서 그러는데 여기서 하룻밤 묵고 갈 수 있나요."

그러자 과부는 승낙을 했다.

자동차는 그 다음날 견인해 갔다.

그리고 몇 달 후에 같이 동행했던 남자가 찾아 왔다.

"자네 그 과부와 재미 좀 봤는가?

"그래 좀 봤지."

"내 이름을 사용했지?"

"그걸 자네가 어떻게 알아?"

"음, 과부가 얼마 전에 죽었는데 죽으면서 유산 몇억 원을 내 이름으로 남겼지."

남자 나이별로 섹스 유형

20대 : 이판사판.
30대 : 세련되고 삼삼하게.
40대 ; 사정없이.
50대 ; 오기로 몇 번 하고 만다.
60대 ; 옆에서 육갑 떤다.
70대 : 칠만하고 나온다.
80대 ; 팔자타령만 한다.
90대 ; 구멍만 쳐다본다.
100세 ; 백약이 무효.

각국 대표의 나라자랑

UN에서 각국 대표가 모여 자기 나라 자랑을 하였다.

독일의 대표 여수상은 자기의 풍만한 가슴을 가리키면서 우리나라에는 풍부한 자원이 있습니다.

러시아의 수상은 벗겨진 머리를 쓰다듬으면서 우라 나라에는 광활한 영토가 있습니다.

미국 대표 : 바지를 내리더니 우리에게는 강력한 무기가 있습니다.

우리나라 대표 : 바지를 내리고 양쪽 엉덩이를 만지면서 우리나라는 분단된 나라입니다.

세 번밖에 안 했습니다

헌병이 면회 온 아가씨에게 면회신청서를 주면서 인적 사항을 적으라고 한다. 주민등록번호와 이름을 적은 뒤 관계 란에 3번이라고 적었다.

헌병이 상세하게 적으라고 하자 아가씨는 산에서 한 번, 들에서 한 번, 집에서 한 번이라고 적었다.

그러자 뒤에서 그것을 보고 있던 다른 아가씨가 하는 말.

"그 좁은 란에 어떻게 다 적어요?"

오늘은 모요일

결혼한 지 5년이 되는 부부가 있다. 그런데 남편은 매일 섹스를 하자고 하여 부인은 도저히 견딜 수 없었다. 그래서 부인은 생각해낸 끝에 남편에게 말했다.

"받침이 없는 날 그러니까 화요일, 수요일, 토요일에만 해요."

남편은 그렇게 하기로 하고 수요일을 쉰 다음날 남편이 물었다.

"오늘은 무슨 요일이지?"

그러자 아내가 말했다.

"응, 오늘은 모요일."

비교하는 아내

남자는 무능하지만 부인이 이재에 밝아 복부인을 해서 30억의 재산을 모았다. 그런데 자동차 사고로 그만 죽었다.

장례식을 치르고 집으로 돌아와서 아내의 사진을 보고 하는 말.

"멋진 년!"

그러나 이와는 대조적으로, 친구 부인이 30억을 남기고 간 날 장사를 마치고 집에 돌아와 땀을 뻘뻘 흘리면서 마루를 닦고 있는 마누라를 보고 하는 말.

"질긴 년!"

마누라 찾기

여자 10명을 나체로 세워놓고 눈을 감은 채로 자신의 아내를 찾는 법은 무엇일까? 물론 말을 해서도 안 되고 신호도 보낼 수 없다.

정답 : 물건이 다른 여자 앞에 가면 뻣뻣해지는데 마누라 앞에 서면 죽어 버린다.

안 서는 놈 봤어?

섹스 심벌의 스타 샤론 스톤이 CF 촬영을 하고 있다. 담배 광고였다.

담배를 피우다가 던지자 담배가 그대로 섰다. 그러자 샤론 스톤이 말했다.

"내가 빨아서 안 서는 놈 봤어?"

그러자 옆에서 구경하던 변강쇠가 말했다.

"나는 안 빨아도 항상 서는데 뭘."

산신령과 선녀

목욕하던 선녀는 자신의 옷이 없어진 것을 알고 당황했다.

그 때 산신령이 나타났다.

산신령 : 네 옷이 여기 있느니라.

놀란 선녀는 급히 아래를 가렸다.

산신령 : 위가 보이느니라.

선녀는 급히 위를 가렸다. 이 때 산신령이 하는 말,

"볼 것 다 보았느니라."

전자 오락

남편과 아내가 전자오락을 했다. 전자기계의 '뽕뽕' 하는 소리가 재미있게 들린다.

이 때 남편이 아내에게 말했다.

"오늘 밤에 내가 젖을 빨아주면 뽕뽕 소리를 내는 거야, 알았지?"

그 날 밤에 성관계를 하다가 남편이 젖을 빨아주어도 아내가 아무런 소리를 내지 않자 남편이 물었다.

"왜 소리를 안 내는 거야?"

아내가 대답하는 말

"자기가 코드를 안 꽂았잖아."

그 아버지의 그 아들

아버지와 아들이 인천 앞바다로 놀러 갔다.
이 때 큰 배가 바다로 지나간다.
아들 : 아빠, 저게 뭐야?
아버지 : 저건 쉽(ship:배)이다
잠시 후 통통배가 지나간다.
아들 : 아빠, 그럼 저건 쉽 새끼네.

순이 엄마 임신 중

임신으로 그동안 굶주려 있던 순이 아빠에게 순이 엄마는 돈 5만 원을 주면서 안마소에 가라고 하였다.

좋아 죽을 지경인 순이 아빠는 안마소로 가던 중에 철이 엄마를 만났다.

철이 엄마 : 순이 아빠, 어디 가세요?

순이 아빠 : 마누라가 5만 원을 줘서 안마소로 갑니다.

철이 엄마 : 5만 원 주면서 일부러 가세요? 나에게 3만 원만 주세요. 그럼 내가 해드릴께요.

재미있게 일을 본 순이 아빠가 3만 원 주고 철이 엄마와 재미봤다고 말했다. 그러자 순이 엄마가 하는 말, "그년 나쁜 년이네. 나는 철이 아빠에게 2만 원만 받고 했는데, 만 원이나 더 받다니."

무더운 날의 청소

구관조를 키우는 가정에서 일어난 일이다.

주부가 청소를 하다가 너무 더워서 옷을 홀랑 벗고 청소를 했다. 이 광경을 구관조는 모조리 봤다.

저녁에 남편이 돌아오자 구관조는 계속해서 "나는 봤다."라고 지껄였다.

이 사건으로 화가 난 주부는 구관조의 머리털을 다 뽑아 버려서 털이 없는 구관조가 되었다.

어느 날 그 집에 대머리 아저씨가 놀러오자 구관조는 지껄였다.

"너도 보지 봤지?"

신부와 수녀

승용차 뒷자리 가운데 신부가 앉고 왼쪽에 할머니 신부가, 오른쪽에 젊은 수녀가 탔다.

이 때 차가 좌회전하면서 신부의 몸에 할머니 몸이 밀착되었다.

신부가 말하기를, "주여! 저를 시험하소서."

잠시 후 차가 우회전하면서 다시 수녀의 몸에 닿는다. 이 때 신부는, "주여, 뜻대로 하옵소서."하고 말했다.

그럼 남기란 말인가?

경상도 시골에 사는 신혼 부부가 신혼여행을 가서 하룻밤을 지낸 다음 남편이 알몸으로 거울 앞에 섰다. 물건이 큰 것에 놀란 신부가 물었다.

아내 : 그 큰 걸 다 넣었어요?

남편 : 그럼 남기란 말인가?

후라이와 계란?

가슴이 작아서 결혼 못한 여자가 있다.
열렬히 구혼한 남자와 마침내 결혼했다.
신혼 첫날밤을 치르는데,
남자 : 아니 가슴이 이렇게 작다니?
여자 : 결혼하기 전에는 계란만 하면 된다면서.
남자 : 그럼, 후라이는 계란이 아니잖아!

뒤로 당했어요

한 여자가 헝클어진 머리와 찢어진 옷을 입고 경찰서로 달려와서는 자신이 어떤 남자한테 강간당했다고 했다. 경찰이 그 사람의 인상착의에 대해서 묻자 그녀는 얼굴을 보지 못했다고 했다. 경찰이 어이없어서 어떻게 강간을 당하면서 얼굴도 보지 못했느냐고 묻자 그녀의 말,

"뒤로 당했어요. 그래서 얼굴을 보지 못했어요."

찢어진 구두

구두의 광을 내는데 삼일 동안이나 걸려서 반짝반
짝거리게 하고 카바레로 여자를 낚으러 간 제비.

구두가 얼마나 광이 나는지 여자와 춤을 추다가
여자의 속옷까지도 알아냈다.

매일 갈아입은 팬티의 색깔까지 알아맞히는 제비
에 놀란 어느 바람난 부인은 그날따라 노 팬티로 카
바레에 갔다. 그러자 춤을 추다가 말고 제비가 하는
말,

"내 구두를 누가 찢어 놨지?" 하면서 고래고래 소
리를 지른다.

예수님과 부처님의 차이

크리스마스 전날 밤에 동창들을 만나서 대화를 하다가 때가 때인지라 주제가 종교로 흘렀다.

종교학과에 다니는 순이가 순자에게 물었다.

"예수님과 부처의 차이는 무엇일까?

가만히 생각하던 순자가 대답했다.

"그건 헤어스타일의 차이가 아닐까?"

물러줘

고추 작은 남자가 여자를 사귀었다.

어느 날 여자와 키스를 하면서 여자에게 자기 고추를 만져 보라고 하자 여자가 "자기 바지 속에 담배공초 넣고 다녀?" 하자 "아냐, 그건 남자의 심벌이야." 그러자 여자가 말하기를 "지금 키스한 것 물러줘!"

그 남편에 그 부인

  남편이 외국에 근로자로 일하러 갔다가 3년 만에 돌아왔다. 아내하고 잠자리를 하는데 바람이 심하게 불어 창문이 쾅 하고 열리자 놀란 남편이 자기 부인을 보고 말했다.
  "당신 남편이 오는 소리 아니야?"

  그러자 부인이 하는 말 "걱정 말아요. 외국에서 일하고 있으니까."

처녀 뱃사공

하루는 어떤 총각이 배를 타더니,
"나는 당신의 배를 탔으니 이제 당신은 나의 아내요." 하고 농담을 한다.
배를 저어갈 때는 아무말도 안 하던 처녀 뱃사공이 이윽고 강 건너편에 도착해 그 총각이 배에서 사라지자,
"당신은 내 배에서 나갔으니 이제 당신은 내 아들이오."

주나 봐라

　고약하고 인색하기로 소문난 놀부가 대청마루에 누워 잠을 자고 있었다. 그 때 한 스님이 찾아와서 말했다.
　"시주 받으러 왔소이다. 시주 조금만 주시오."
　그러자 놀부는 코웃음을 치며 빨리 저리 가라고 소리쳤다.
　그러자 스님이,
　"가나 봐라…… 가나 봐라." 하였다.
　놀부는 그 소리를 듣고 무엇을 생각하더니 슬그머니,
　"주나 봐라…… 주나 봐라." 하였다.

은행원과 할머니

할머니가 돈을 찾으러 은행에 갔다. 청구서에 도장을 찍어 은행원에게 내밀자 은행원이 말했다.

"할머니, 청구서 도장과 통장의 도장이 다릅니다. 통장 도장을 갖고 와야 합니다."

그러자 할머니는 통장을 은행원에게 맡기고 집으로 갔다가 은행문을 닫을 시간이 다 돼서야 헐레벌떡 달려왔다. 은행원을 보고 하는 말,

"아가씨, 미안한데, 통장이 어디로 가고 없어서 그런데 반장 도장으로는 안 될까?"

돌잔치에서

만득이 아들의 돌을 맞아 동네 사람들이 모였다. 집에 온 손님들은 모두 떠들썩하였다.

돌을 맞은 아들을 보면서 모두들 한 마디씩 했다.

"장군감이네."

"참 귀엽게 생겼네."

그런데 만득이와 가장 가까이에 있는 이웃집 금순이가 만득이의 아들 고추를 만지작거리면서 하는 말,

"그놈 참, 지애비를 꼭 닮았네."

백일 기도

불임크리닉에서 두 할머니가 대화를 나누고 있다.

할머니 1 : 우리 며느리는 절에 가서 백일기도를 해서 임신을 했어요.

할머니 2 : 우리 며느리도 백일기도를 했는데, 정성이 부족한가?

할머니 1 : 며느리가 혼자 절에 다녔어요?

할머니 2 : 아니요 .내가 항상 같이 다녔지요.

할머니 1 : 그러니 임신이 안 되지요.

할머니 2 : 예? 무슨 말이에요?

세대별 차이

(소개팅 시켜준다는 전화를 받았을 때)
• 10대 후반 : 나가겠다고 할까 말까 망설인다.
• 20대 초반 : 외모, 키, 닮은 연예인 등을 물어보다
　가 밤새운다.
• 20대 후반 : 직업이 뭔지, 장남은 아닌지를 묻다가
　마지막엔 '노' 이다.
• 30대 초반 : 너무 반가워서 울면서 메모지를 들고
　소개팅 장소를 적는다.

헌혈하라고 했을 때

바람둥이 : 자신은 쌍코피를 너무 많이 흘려서 안 된다고 한다.

악덕 사채업자 : 자기는 찔러도 피 한 방울도 안 나온다고 우긴다.

골초 : 자신의 피는 임산부나 자라나는 아이한 테 해롭다고 우긴다.

술꾼 : 혈중 알코올 농도가 높다고 우긴다.

공해업자 : 자신의 피는 재활용이 안 된다고 우 긴다.

들어올 때와 나갈 때

　지나가는 나그네가 어느 주막에 들려 하룻밤을 보내게 되었는데 그 주막집에 과년한 딸이 하나 있는데 너무나 예뻐 한 눈에 반한 그는 그날 밤 몰래 방으로 들어가서 일을 치르다가 촉감이 이상해 만져보니 나이 먹은 주막집 어머니였다.

　그래서 나그네는 일어서서 나오려고 하자 나이 먹은 아주머니가 그 나그네를 붙잡고 하는 말,

　"들어올 때는 네 마음대로 들어왔지만 나갈 때는 네 마음대로 못 나가. 하던 일이나 마저 해."

두 친구

가난했던 두 친구가 있었다. 그런데 오랜만에 만났는데, 한 친구가 부자가 되어 있었다.

"아이구! 어떻게 해서 그렇게 부자가 되었는 가?"

"응, 거시기에 바르면 바나나 향기가 나는 화장 품을 개발해서 부자가 되었지."

그리고 헤어졌다가 얼마 만에 다시 두 친구가 만났다.

이번에는 가난했던 그 친구가 더 부자가 되어 있었다. 깜짝 놀란 친구가 물었다.

"자넨 어떻게 된 거야. 나보다 더 훨씬 좋아 보 이니……."

"응, 자네 아이디어를 빌렸지. 바나나에 바르면 거시기 냄새가 나는 약을 개발했지."

막내아들

일곱 명의 아들을 둔 남자가 있다. 그는 막내아들을 유난히 구박했다. 막내아들은 다른 아들과 성격이나 인상도 달랐다. 그래서 남자는 속으로 생각했다.

'막내는 내 자식이 아니라 마누라가 다른 남자와 바람을 피워서 생긴 것이 분명해.'

마침내 임종 직전에 마누라와 막내아들을 불렀다.

"여보, 내가 20년 동안 막내아들을 구박한 것이 지금 마음에 걸리네. 모든 것을 용서해 줄 터이니 솔직히 말하게. 대체 누구의 아들이오?"

그러자 마누라는 체념하듯이 말했다.

"사실은 그 애만 당신 아들이오."

어느 법사의 성교육

법사가 성교육을 하고 있었다. 30분에 걸친 친절한 교육을 마친 아이들에게 궁금한 것이 있으면 물으라고 하자 손오공이 손을 번쩍 들고 질문을 하였다.

"선생님, 섹스할 때 콘돔을 끼고 하는 게 기분이 좋아요, 끼지 않고 하는 것이 기분이 좋아요?"

"내가 묻겠다. 맨손가락으로 콧구멍을 쑤시는 게 시원하냐, 아니면 고무장갑을 끼고 쑤시는 게 시원하냐?"

이번에는 사오정이 질문을 한다.

"선생님, 여자가 맨스할 때 섹스를 해도 돼요?"

법사는 지쳤다는 표정으로 말했다.

"니는 피가 나올 때에도 콧구멍을 쑤시냐?"

스포츠와 섹스의 차이점

육상 : 육상은 시간을 단축해야 하지만, 섹스는 시간이 길수록 좋다.

승마 : 한참 동안 배워야 잘 할 수 있다. 섹스는 안 배워도 잘 한다.

사격 : 숨 죽이며 한다. 그러나 섹스는 입을 벌리고 숨을 크게 쉬어야 한다.

축구 : 열 명을 상대로 하기 때문에 바쁘다. 그러나 섹스는 한 명을 상대로 해도 바쁘다.

야구 : 한 개의 공과 한 개의 배트로 한다. 섹스는 두 개의 공과 한 개의 방망이로 한다.

씨름 : 무릎이 닿으면 진다. 그러나 섹스는 무릎박고 한다.

농구 : 드리볼 한 다음 넣지만 섹스는 넣고 드리볼한다.

골프 : 18홀에 넣어야 끝나지만, 섹스는 한 홀에 넣으면 끝.

남자들의 소변보는 형태

과대망상형 : 의사가 무거운 것 들지 말라고 했다고 뒷짐을 지고 본다.

기만형 : 크기는 별로인데 마치 야구방망이 휘두르듯 흔들면서 본다.

어린이형 : 소변 줄기를 아래위로 흔들면서 본다.

오리발형 : 일보면서 방귀를 뀌어놓고 아닌 척 옆 사람을 쳐다보며 킁킁한다.

깔끔형 : 소변을 보고 그 자리에서 30분 동안 턴다.

어느 아가씨의 고백록

첫 번째 남자는 너무 아프게 했고, 두 번째는 날 절반 죽여 놓다시피 했으며, 세 번째는 '이렇게 해라, 저렇게 해라' 주문이 많았고, 네 번째 남자는 기구까지 사용했고, 다섯 번째 남자는 무조건 벌리기만을 강요했으며, 여섯 번째 남자는 벌려진 그곳을 이리저리 구경만 했다.

그리고 지금 이 남자는 매우 섬세하고 자상하다.

제발 이 남자가 마지막이기를 바랄 뿐이다.

사돈과의 대화

　서울사돈 : 집이 아담하군요.

　경상도사돈 : 소잡아도 개잡아서 좋지얘.

　서울사돈 : 아유, 뭐하러 소잡고 개까지 잡아요?

　경상도사돈 : 예, 누가 소 잡고 개 잡는다고 했
어얘?

　서울사돈 : 방금 사돈께서 소 잡고 개잡는다고
했잖아요?

　경상도사돈 : 아이고, 집이 소잡아도,　길이 개
잡는다고 했는 거라예.

　*소잡다－비좁다는 경상도 사투리, 개잡다－가
깝다는 경상도 사투리.

구둣방 수선공

동네 하나밖에 없는 구둣방에 의사가 장화 한 켤레를 수선해 신으려고 갔더니,

구둣방 주인은 도저히 고칠 수 없으니 2만 원을 내라고 한다.

"뭣 때문에 돈을 받으려는 거요?"

의사가 묻자 구둣방 주인이 대답했다.

"내가 당신한테 배운 거요. 내가 병원에 갔더니 도저히 고칠 수 없다면서 진찰비를 받았잖아요."

꿩 요리

한 손님이 꿩 요리 전문점에 들어가서 꿩 요리를 시켰다.

그런데 꿩 요리는 맛이 없고 다른 요리가 더 맛있었다.

손님은 화가 나서 주인에게 따졌다.

"아니 내가 꿩 요리를 한두 번 먹어 본 것도 아닌데 이걸 꿩 요리라고 해 오는 거요?"

"실은 요사이 꿩이 안 잡혀서 다른 요리와 섞었습니다."

"그럼 무엇과 섞었습니까?"

"돼지고기와 섞었습니다."

"그럼 얼마나 섞었소?"

"예, 반반씩이요."

"반반씩이라니?"

"예, 꿩 한 마리와 돼지 한 마리요."

남편이 필요한 존재라고 느낄 때

밤 늦게 쓰레기 버리러 갈 때.

손이 안 닿는 곳이 가려울 때.

화장실에서 볼일을 보고 났는데 화장지가 없는 것을 알았을 때.

귤껍질 벗겨 보니 너무 시었을 때.

음식이 남아서 처치가 곤란할 때.

대형 할인점에 갈 때.

짐도 많은데 아이가 차에서 잠이 들었을 때.

모처럼 자유로운 주말 여기저기 친구한테 전화를 해도 계획이 있다고 할 때.

모유

공짜다.
휴대가 편하다.
변질의 우려가 없다.
두 사람이 동시에 사용이 가능하다.
부부지간에도 사용이 가능하다.
유통기간이 없다.
깨지거나 쏟아질 염려가 없다.

이상형

한 미혼 남자가 인터넷 구매 센터에 들어가 자신이 바라는 이상형에 대해서 구체적인 정보를 제시했다. 그는 수상 스포츠를 즐기고 친구들을 좋아하며, 정장을 즐겨 입고 아담한 체형을 가진 여성을 원했다. 컴퓨터는 한 치의 오차도 없이 그 정보를 분석한 후 그 남자에게 '펭귄'을 추천했다.

허풍

어느 부동산업자가 집을 보러 온 부부에게 입에 침이 마르도록 허풍을 치고 있다.

"여기는 세상에서 가장 아름다운 곳입니다. 이곳 기후는 건강에 최적입니다. 그래서 이곳에 사는 사람들은 병에 걸리거나 죽을 염려가 없습니다.

그 때 장례 행렬이 지나갔다.

"쯧쯧." 그는 태연하게 말했다.

"의사가 죽었는데, 환자가 없어서 굶어죽다니."

전화 혼선

아내가 병으로 입원하고 있는 산부인과로 전화를 걸었다.

그런데 이 전화가 잘못 걸려 정비공장으로 연결되었다.

정비공장 : 예, 많이 좋아졌습니다.

남편 : 아, 그래요?

정비공장 : 그나저나 험하게 쓰셨더군요.

남편 : 아이고 이거 부끄러워서.

정비공장 : 선생님의 피스톤 말이죠, 너무 헌 것 같아서 신품과 바꾸었습니다. 오늘 아침에 제가 굵은 걸로 집어넣어 봤더니 상태가 좋아졌습니다. 오늘 밤 제가 한 번 더 타보고 수리를 잘 해드릴 테니 걱정 말고 잠시 기다리십시오.

남편 : 예?

순진한 부부

한 신혼부부가 첫날밤을 격렬하게 보냈다.

아침에 욕실에 들어간 신랑은 수건이 없는 것을 알았다.

신랑은 신부에게 수건을 갖다달라고 했다.

욕실로 간 신부는 처음으로 신랑의 알몸을 볼 수 있었다.

신랑의 아랫도리를 본 신부가 물었다.

"그게 무어예요?"

신랑이 짓궂게 대답을 했다.

"아, 어젯밤에 자기를 즐겁게 해 준 거지."

신부가 놀라서 말했다.

"그럼 이제 요만큼밖에 안 남았겠네."

같은 여자 시리즈

40대 : 배운 여자나 못 배운 여자나 똑같다.(배운 것 써먹지 못하니까)

50대 : 예쁜 여자나 못 생긴 여자나 똑같다.

60대 : 남편이 있으나 없으나 똑같다.(있으나 안 쓰니까)

70대 : 돈이 있으나 없으나 똑같다.(못 먹는 것은 같으니까)

80대 : 살아 있으나 죽은 거나 같다.(사는 것도 아니니까)

얄미운 여자 시리즈

10대 – 공부도 잘 하고 얼굴도 예쁜 여자.

20대 – 얼굴 전체를 성형했는데도 표가 나지 않는 여자.

30대 – 바람 있는 대로 피우고 돈이 있는 남자에게 시집가는 여자.

40대 – 노래방, 짐찔방, 관광 등 놀고 다녀 자녀들을 잘 보살피지 않았는데도 아들딸이 공부를 잘 하는 여자.

50대 – 일주일 내내 땡볕에 다니면서 골프를 쳐도 얼굴 안 타는 여자.

60대 – 아직도 생리를 해서 피임기구를 써야 한다고 떠벌이고 다니는 여자.

70대 – 남편이 아직도 힘이 쎄서 밤마다 도망다닌다고 경로당에서 하품을 하는 여자.

고스톱

전두환 전 대통령과 클린턴 전 미 대통령 그리고 고르바쵸프 이 세 사람이 모여 고스톱을 쳤다. 그런데 전두환 대통령이 잃었다. 화가 난 전두환 전 대통령은 전국에서 제일 가는 고스톱 고수를 불러다 교육을 받고 다시 쳤으나 다시 잃었다. 화가 난 전두환 전 대통령이 클린턴에게 어떻게 그렇게 잘 하느냐고 물으면서 나에게 좀 가르쳐 줄 수 없느냐고 하니까 클린턴의 말,

"당신 이마에 패가 보입니다."

신혼부부와 입시생의 공통점

매일 밤 늦게까지 잠을 못 잔다. 가끔은 코피도 터진다.

혼자 할 때보다 둘이 할 때가 능률이 잘 오른다.

몸을 혹사해서 허약해지기 쉽다.

머리와 손을 많이 사용한다.

휴식이 필요할 때가 있다. 한 가지 일에만 집중하게 돼 단순해진다.

게을리 했다가는 욕 먹는다.

무리하지 말라는 말을 듣는다. 달력에 특이한 날을 자주 표시해 둔다.

보험

바닷가에 붙어 있는 리조트에 놀러온 한 꼬마
가 엄마에게 물었다.
"엄마, 바닷가에서 수영을 해도 돼?"
"물이 너무 깊어서 안 돼."
"아빠는 하고 있잖아."
"아빠는 보험에 들었잖아."

자선 파티장에서 생긴 일

어느 자선파티장에 못생긴 여자가 참석하게 되었다. 음악이 흐르고 춤이 시작되었을 때 못생긴 여자는 당연히 뒤로 물러서서 구경만 하고 있었다. 그런데 이게 웬일인가? 잘생긴 남자가 그녀에게 와서 함께 춤을 추자고 손을 내밀고 있지 않은가? 생전처음 이런 대접을 받아 본 못생긴 여자는 감격하여 잘생긴 남자에게 자신과 같이 못생긴 여자를 선택한 이유를 물었다. 잘생긴 남자는 부드러운 표정으로 말했다.

"자선 파티니까요."

수탉 이야기

어느 수탉이 암탉을 죽도록 패고 있었다. 왜냐하면 오리알을 낳았기 때문이다.

그런데 얼마 후 암탉이 죽었다. 그러자 동네 사람들이 수탉에게 욕을 하자 수탉이 하는 말,

"이년의 암탉이 이번에는 타조알을 났다가 죽었어요."

속살 쑤시개

　금강산관광을 하러 간　남한 관광객이 금강산 관광을 가서 예쁘게 생긴 안내원에게 살며시 물었다.

"아, 여기선 남자의 고추를 뭐라고 부르나요?"

금강산 안내원은 미소를 띄우면서 말했다.

"아, 그거 여기서는 속살 쑤시개라고 하디요."

세일즈맨

한 비누 회사의 세일즈맨이 용케도 여대생 기숙사를 방문했다.

세일즈맨 : "이 비누로 옷을 빨면 10년 묵은 때도 없어집니다."

그러자 여대생들은 속옷을 있는 대로 다 가지고 와서 "어디 정말 그렇게 때가 잘 빠지는지 아저씨가 시험해 보세요."

세일즈맨은 속옷을 남김없이 다 빨았다. 그 광경을 바라보는 여대생들은 좋아서 깔깔 거리고 웃는다.

그 때 세일즈맨은 다른 비누를 가방에서 꺼내면서 이렇게 말했다.

"이번에도 아까처럼 저의 시험이 필요하겠지요. 여러분! 이것은 목욕비누입니다."

강아지와 남편의 공통점

- 끼니를 챙겨줘야 한다.
- 가끔씩 데리고 놀아줘야 한다.
- 복잡한 말은 알아듣지 못한다.
- 초장에 버릇을 잘못 들이면 평생 고생한다.

남편이 강아지보다 편리한 점

- 돈을 벌어 온다.
- 간단한 심부름은 시킬 수 있다.
- 훈련을 안 시켜도 대소변은 가릴 수 있다.
- 집에 두고 여행 갈 수 있다.
- 같이 외출할 때 출입제한 구역이 적다.

강아지가 남편보다 좋은 점

- 신경질이 날 때 발로 빵 찰 수 있다.
- 한 집안에 두 마리를 키워도 말이 없다.
- 부모, 형제로부터 간섭을 받을 필요가 없다.
- 외박을 하고 와도 반갑다고 꼬리 친다.
- 데리고 살다가 버릴 때 변호사가 필요없다.

가장 억울하게 죽은 사람

달리는 버스가 전복하여 버스 안에 있던 많은 사람들이 죽었다.

가장 억울하게 죽은 사람 네 사람을 꼽으라면, 결혼식이 내일인 총각, 졸다가 한 정거장 더 가는 바람에 죽은 사람, 버스가 출발했는데도 억지로 달려와 타서 죽은 사람, 그리고 69번 버스를 96번으로 착각하여 탔다가 죽은 사람.

행복한 결혼이란?

행복한 결혼이란 기브 앤드 테이크이다.

남편은 주고 아내는 받는다.

결혼 1년 차에는 남편이 말하고 아내가 듣는다.

3년차부터 남편과 아내가 말하고 이웃이 듣는다.

신혼부부가 행복해 보이면 우리는 그 이유를 안다. 그러나 결혼 10년 차 부부가 행복해 보이면 우리는 궁금해한다.

남편이 아내가 자동차에서 내릴 때 문을 열어줄 때는 단지 두 가지 이유에서다. 하나는 새 차를 샀거나 아내가 새로 들어왔거나이다.

바나나는 힘이 없어

　중학생인 영애는 학교에서 성교육을 받았다.
　선생님은 바나나를 사용하면 안 된다고 하셨다.
　그 이유가 궁금했던 영애는 고등학생인 민자에
게 물었다.
　"언니, 바나나를 사용하면 왜 안 돼?"
　민자는 피시시 웃으면서 영애의 귀에 대고 말하
였다.
　"바나나는 힘이 없으니까."

문지르기와 넣기

  고등학생인 용팔이는 신부님 앞에 가서 고해성
사를 하였다.
  "신부님, 옆집 아가씨와 큰 일 날 뻔 했어요."
  "그래, 간음을 했나요?"
  "아니요, 문지르기만 했어요."
  "문지르기나 넣기나 같은 것이니까 성모송 100
번 외우고 자선함에 1만 원을 넣으세요."
  용팔이는 자선함에 가서 돈은 넣지 않고 자선함
을 문지르기만 한다.
  이상하게 생각한 신부가 물었다.
  "왜 문지르기만 하고 돈은 넣지 않는가요."
  "문지르는 것이나 넣는 것이나 같다면서요."

극비문서

만득이는 육군부대 행정요원으로 근무중이다.

어느 날 선임하사가 비밀문서를 들고 와서 워드작업을 하라고 하였다.

"김 상병, 이 문서를 워드작업을 하되 절대로 읽어서는 안 돼, 알았지?"

그 말을 들은 김상병은 조용하게 대꾸했다.

"그럼 말입니다. 선임하사께서 소리 내지 말고 이 문서를 읽어 주십시오. 그러면 읽지 않고 워드작업하겠습니다."

조심해야지

민자와 순희가 수다를 떨고 있었다.
"나 요사이 임신하지 않으려고 조심하고 있다."
순희가 궁금한 표정으로 물었다.
"왜, 네 남편 정관 수술했니?"
민자는 나지막하게 말했다.
"그러니까 더욱 조심해야지."

여자 누드만 그리는 화가

여자의 누드만 그리는 미모의 여류화가가 있었다.

한 잡지사 기자가 그 이유를 물었다.

특별한 이유가 없다고 말하는 화가에게 기자가 집요하게 묻자 그 화가가 하는 말,

"남자의 모델은 처음 스케치할 때와 그림을 그릴 때 그것이 달라져 도무지 그림을 완성할 수가 없어요."

여자가 남자 성기를 갖게 되었을 때 제일 하고 싶은 것은?

- 남들에게 만지도록 한다.
- 좌변기의 뚜껑을 안 열고 소변을 봐 본다.
- 높은 옥상에 올라가서 오줌을 갈겨본다.
- 하루 종일 가지고 논다.
- 남편을 무릎 꿇게 한 후 때려본다.

세대별 아기가 나오는 곳

아이 : 아빠 난 어떻게 태어났어요?

- 60년대 아빠 – 쓸데없는 걸 묻지 마라. 조그마한
  게 별걸 다 물어.
- 70년대 아빠 – 다리 밑에서 주웠지.
- 80년대 아빠 – 큰 새가 물어 놓고 갔지.
- 90년대 아빠 – 인터넷으로 다운받았지.

속담

못 올라가는 나무는 사다리 놓고 올라가라.
작은 고추가 맵지만 수입 고추는 더 맵다.
버스 지나가면 택시타고 가라.
젊어서 고생은 늙어서 신경통이다.
예술은 지루하고 인생은 쉽다.
호랑이에게 물려가도 죽지만 않으면 산다.
고생 끝에 병이 온다.

명언

　화장실에서 발견한 가장 좋은 명언이다.

　젊은이여 당장 일어나라. 지금 그대가 편히 앉아 있을 때가 아니다.

　내가 사색에 잠겨 있는 동안 밖에 기다리는 사람은 사색이 되어 간다.

　내가 밀어내기에 힘쓰는 동안 밖에 있는 사람은 조이기에 힘쓰고 있다.

인터넷의 미팅 조어

보드카 – 보기 드문 킹카.

킹카 – 꽤 수준 높은 파트너.

물카 – 그냥 수수하게 생긴 편.

후지카 – 평균수준을 약간 밑돌 때.

조포카 – 조물주가 포기할 정도로 못 생긴 사람.

아폴로카 – 하도 못생겨서 지구에서 우주로 쫓아
   내버릴 정도라는 뜻.

화장발

고구마와 감자가 길을 걸어가다가 찹쌀떡을 발견했다.

고구마가 말했다.

"참 예쁘지?"

"뭐가 예쁘냐?"

감자가 퉁명스럽게 말했다.

그 때 찹쌀떡이 돌아앉으면서 흰 가루가 떨어졌다.

감자가 말했다.

"내 말이 맞지? 저건 화장발이잖아."

소매치기

　지하철에서 소매치기를 당한 여자가 경찰에 신고를 했다.

　경찰 – 지갑이 어디에 있었어요?

　여자 – 스커트 안쪽 주머니예요

　경찰 – 그럼 범인이 스커트 안쪽으로 들어오는데도 몰랐다는 겁니까?

　여자 – 알았지요.

　경찰 – 그런데 왜 가만히 있었어요.

　여자 – 목표가 지갑인 줄 몰랐죠. 딴 짓인 줄 알고.

우리 아이는
당신 도움 없이 만들었어요

행실이 좋지 않은 여자가 있었다.

어느 날 남편과 부부싸움을 하게 되었다.

남편은 화가 나서 소리 지르면서 말했다.

"당신은 집에서 하는 일이라곤 무엇이 있소? 뭐 하나 제대로 하는 것 있으면 얘기해 봐!"

여자는 처음에는 궁지에 몰린 것처럼 조용히 있더니 묘한 웃음을 웃더니 말했다.

" 그래요. 나는 먹고 놀기만 했지만, 우리 아이는 당신 도움 없이 만들었어요."

백포도주

경부선의 어느 기찻간, 그 날따라 손님이 많아 발디딜 틈이 없었다. 그러므로 화장실도 줄을 서서 대기하고 있는 형국이었다.

한 남자의 맞은편에 여자들이 많이 앉아 있었는데, 그 중에 한 여자가 화장실이 너무 급한 나머지 그 자리에서 쭈그리고 앉아 치마로 가리고 소변을 보았다.

바닥이 흥건해지자 소변을 본 여자가 "어머나, 바닥에 백포도주를 쏟았나 봐."라고 말하자 그녀의 친구가 "그러니까 병마개를 꼭 막으라고 했잖아."라고 하면서 앞에 앉아 있는 남자를 보자 남자는 바지 지퍼 사이로 물건이 나와 있었다. 여자가, "아저씨 그게 뭐요?" 하니까 남자가 하는 말, "백포도주 병마개요."

두 번이나 보낸 하나님

어느 시골에서 생긴 일이다. 비가 많이 와서 장마가 지고 홍수가 생겨 마을이 온통 물에 잠겼다. 독실한 기독교인인 한 남자는 자기 지붕 위에 올라가서 기도를 했다.

그 때 한 남자가 보트를 타고 오더니 "빨리 타세요." 그러나 그는 "하나님이 저를 도와주실 겁니다."라고 말하면서 거절했다. 그러자 얼마 후 또 한 사람이 보트를 타고 와서 "타세요."라고 소리쳤다. 이번에도 그는 하나님이 그를 도와주실 것이라면서 거절했다. 그는 마침내 물에 빠져 죽고 말았다. 그는 하나님을 만나서 따졌다.

"왜 저를 구해주시지 않으셨습니까?"

하나님이 이렇게 답변했다.

"내가 두 번이나 사람을 보냈지 않았느냐."

부자와 서민의 일기

〈강남의 한 부자의 일기〉

오늘은 아내가 알래스카산 바닷가재를 먹자고 했다. 나는 늘 먹던 곰 발바닥을 먹자고 했다. 그러자 아내는 토라져 벤츠를 타고 집으로 갔다. 알고 보니 오늘이 아내의 생일이었다. 그래서 사과도 할 겸 내일 하와이로 함께 여행을 하기로 했다.

〈강북의 한 서민의 일기〉

오늘은 갑자기 여편네가 탕수육을 먹자고 했다. 나는 아내보고 헛소리 하지 말고 집에서 밥 먹자고 했다. 그러자 아내는 토라져 버스를 타고 집으로 갔다. 나는 화가 나서 집에 와서 아내를 마구 때렸다. 그런데 알고 보니 오늘은 아내의 생일이었다. 나는 미안한 마음에 약국에서 파스를 사서 들고 집으로 가고 있다.

다섯 개의 전쟁

전쟁을 영어로 War라고 한다. 한 신혼부부가 신혼여행을 가서 다섯 가지 전쟁을 했다.

샤war, 누war, 세war, 끼war, 고마war.

이 개는 내 개가 아니여

어느 날 저녁, 나는 공원을 산책하고 있었다.

저기 나무 밑에서 한 아저씨가 커다란 개를 데리고 벤치에 앉아 있었다.

나는 개를 좋아하기 때문에 아저씨에게 다가서서 물었다.

"아저씨, 아저씨 개는 사람을 물어요?"

"응, 내 개는 사람을 물지 않아."

그래서 나는 개를 쓰다듬으려고 하자 개가 갑자기 나를 무는 것이었다. 화가 나서 나는 아저씨에게 따졌다.

"아니, 아저씨 개는 사람을 물지 않는다면서요?"

그러자 아저씨는 허허 웃으면서 하는 말,

"이 개는 내 개가 아니여."

반말

　지난여름에 일어난 일이다. 바닷가에서 수영을 하다가 한 사람이 물에 빠졌다. 그는 허우적거리면서 "사람 살려! 사람 살려!"하고 소리쳤다.

　그 때 한 사람이 그를 구해줄 생각은 하지 않고 내려다보고 있었다.

　구조대원이 와서 그를 구한 다음 구조하지 않고 쳐다보기만 한 사람에게 물었다.

　"왜 사람이 살려달라고 소리치는데도 구해주지 않았소?"

　그러자 그 사람이 하는 말,

　"아니, 이 자식이 반말을 하지 않소."

거시기가 빵빵해

한 남자가 있었다. 그는 자기 아내를 만족시키지 못해 항상 아내에게 미안하게 생각했다. 그래서 그는 하느님에게 간절히 기도했다.

"하느님, 제발 저의 소원을 들어주십시오. 그래서 아내에게 큰 소리치고 살게 하여 주십시오."

그러자 하느님이 약속을 했다.

"좋다. 내가 너에게 두 번의 기회를 주마. '빵' 하고 말하면 거시기가 크게 되고 '빵빵' 하고 두 번 소리를 내면 원래대로 돌아갈 것이다."

그 날 밤 그는 샤워를 하고 '빵' 하고 소리를 내니 정말 거시기가 커지는 것이었다. 그는 기분이 좋아서 아내에게 다가서는 순간 아내가,

"자기, 오늘따라 거시기가 왜 이렇게 빵빵해."

세대별 거시기의 위치

*10대 – 거시기에 대한 두려움이 있다.
*20대 – 호기심에 뭔지도 모르고 받았다.
*30대 – 체력적으로 왕성하므로 즐겼다.
*40대 – 아직도 왕성하므로 찾아다녔다.
*50대 – 찾아다녀도 없으므로 돈을 주고 샀다.
*60대 – 돈을 주고 사도 지원자가 없으므로 하늘에 기도를 했다.
*70대 – 그게 뭐야?

배신

변호사가 자동차를 몰고 가다가 운전미숙으로 달리던 차를 들이받았다. 변호사는 자신의 불찰이라고 하면서 경찰이 오면 수습이 잘 될 것이며, 법적으로 자신이 잘못이 있으면 책임을 지겠다고 했다. 그리고는 차에서 양주 한 병을 꺼내오더니 잔에 따라 주면서 날씨도 추우니 한 잔 하시라고 권한다. 그렇잖아도 몸이 으스스하게 느낀 피해자는 권하는 술을 한 잔 마셨다. 그리고는 변호사에게 한 잔 하라고 권하자 변화사가 하는 말,

"저는 경찰이 왔다 간 다음에 마시겠습니다."

예의 바른 곰

그 옛날 호랑이가 말보로 담배를 피우던 시절의 이야기다. 어떤 지혜로운 청년이 길을 가고 있었다. 숲을 지나가다가 곰을 만났다. 그 순간 겁이 덜컥 난 그 청년은 곰에게는 죽은 척 하고 있으면 죽지 않는다는 얘기가 생각이 나서 '죽은 척' 하였다. 그런데 그 곰은 너무나 예의가 발라 그 청년을 곧바로 땅에 묻어주었다.

남자와 여자의 차이

*남자의 얼굴은 이력서이고, 여자의 얼굴은 청구서이다.

*남자는 옛 사랑으로부터 전화가 오면 그녀가 궁금해지지만, 여자는 상황이 어려우면 옛사랑을 생각한다.

*길을 걸을 때 남자는 여자의 얼굴을 보지만, 여자는 남자와 함께 한 여자를 본다.

*화가 나면 남자는 목소리를 최대한 내려깔지만, 여자는 최대한 높인다.

*실연당하면 남자는 술로 잊고, 여자는 수다로 잊는다.

술 마실 때 하는 말

보통 다 같이 하는 말 : "위하여!"

옛날 선비시대 : "주거니 받거니 권커니 자커니 일배 부일배"

근래에는,

"당나발"(당신과 나의 발전을 위하여)

"개나발"(개인과 나라의 발전을 위하여)

"진달래"(진정하고 달콤한 내일을 위하여)

"개나발조통세평"(개인과 나라의 발전 및 조국 통일과 세계의 평화를 위하여)

아빠의 수입 자랑

의시와 변호사, 그리고 목사의 아들이 모여 자기 아빠의 수입을 자랑하고 있었다.

변호사의 아들이 먼저 말했다.

"우리 아빠는 소송 한 번 돌아올 때마다 1백만 원 가지고 오셔."

그러자 의사의 아들이 말했다.

"응, 우리 아빠는 수술 한 번 하실 때마다 2백 만 원씩 가져오셔."

그러자 목사의 아들이 말했다.

"우리 아빠는 20분 설교하는데도 돈을 걷을 때 수 십 명이 필요해."

아파트의 이름

두 여자가 길을 가다가 신축 공사가 한창인 아파트 주변을 걷게 되었다.

한 여자가 말했다.

"요사이 아파트 이름을 왜 그렇게 기억하기 힘들게 하는지 몰라. 프리지오, 타워펠리스, 아이파크……."

그러자 옆에 있는 여자가 말했다.

"얘는 그것도 몰라? 시어머니가 찾아오기 힘들게 하기 위해서야."

급한 한국인의 기질

급한 한국인의 기질을 잘 나타내는 증거가 있다.

*외국인은 사탕을 쪽쪽 빨아먹는다. 한국인은 사탕을 씹어 먹는다.

*외국인은 아이스크림을 혀로 핥으며 천천히 먹는다. 한국인은 베어 먹는다.

*외국인은 버스 정류장에서 기다리다가 버스가 오면 천천히 올라탄다. 한국인은 버스와 종종 추격전이 벌어진다.

*외국인은 야구 구경을 9회말 2사후부터라고 생각한다. 한국인은 9회말 2사이면 관중들은 다 빠져나가고 없다.

내가 시비 한 적 있어요?

　가슴이 유난히 작은 아내에게 남편이 "당신은 그냥 다니지 브레지어를 뭐 하러 하느냐?"고 놀리자 아내가 하는 말,
　"내가 당신에게 팬티를 입고 다닌다고 시비한 적이 있어요?"

남자의 자격, 여자의 자격

*여자(5억)

　유방주택(2억)-가슴
　숲 속의 전원주택(1억)- 가운데
　궁전주택(두 쪽 2억)-엉덩이

*남자(1,630원)

　유효기간 지난 소시지(1000원)
　우황청심환 2개(600원)- 쌍방울
　말라 비틀어진 해초(30원)- 털

유유상통

한 총각이 있었다. 그의 어머니는 늘 이렇게 말했다.

"아이구, 이놈아, 내 속 좀 작작 썩여라. 이 다음에 어떤 색시를 만날지 모르나 고생문이 훤하다."

한 여자가 있었다. 그녀의 어머니는 항상 이렇게 말했다.

"너는 어쩌면 잘하는 것이라고는 하나도 없어? 어느 놈이 데려갈지 몰라도 고생문이 훤하다."

그런데 그 남녀가 오늘 결혼식을 올린다.

여학생

한 여학생이 자기 뒤를 따라오는 남학생을 발견하고 걸음을 빨리하였다. 여학생이 걸음을 빨리할수록 남학생도 같이 빨리 걸으면서 뒤를 따르고 있다. 종종걸음으로 걷던 여학생이 마침 한 아주머니 앞에서 그 아주머니를 붙잡고 말했다.

"엄마, 나 오늘 많이 늦었지?"

그러자 뒤를 따라오던 남학생이 그 아주머니를 붙잡고 말한다.

"엄마, 이 여학생이 누구야? 엄마 아는 여학생이야?"

웃기는 퀴즈

*참기름과 물이 싸우는 이유는?

참기름이 고소를 해서.

*사과를 숟가락으로 파먹으면 무엇이 될까?

파인애플.

*아이스크림이 사고 났다. 왜?

차가 와서.

*할아버지와 손자가 산에 갔는데, 산불이 났다.

손자가 할아버지보고 뭐라고 했을까?

산타 할아버지.

*천당입구가 만원인 것은 무슨 이유일까?

성형수술을 많이 해서 사진을 대조하느라고.

해외 연수

50이 넘은 새마을지도자가 해외 연수차 미국에 갔다.

*호텔 목욕탕 샤워기에서 물이 안 나오자 샤워기에 입을 대고 "여보세요, 물 주세요." 샤워기를 마이크로 착각했다.

*시골에서 농사만 지어 체력이 좋은 이 아저씨 미국 창녀와 성관계를 갖는데, 창녀가 금방 흥분된다. 미국 창녀가 너무 좋아서 "허니(여보)"라고 신음 소리를 내자 이 새마을 지도자가 하는 말 "하구 있잖어, 이 자식아."

조건 반사

　부부가 잠을 자고 있었다. 부인이 꿈에 다른 남자와 한참 정사를 하고 있는데, 느닷없이 남편이 들어왔다. 부인은 잠꼬대로 "빨리 도망가요. 남편이 왔어요."

　그러자 옆에 자고 있던 남편은 벌떡 일어나더니 창문을 열고 도망을 갔다.

시아버지의 칠순잔치

*맏며느리가 절을 하며,
"아버님, 거북(장수의 의미)이 되시옵소서."

*둘째 며느리가 절을 하며,
"아버님, 용(죽음을 초월한다는 상상의 동물)이
되소서."

*셋째 며느리가 절을 하며,
아버님, 좆이 되소서.
그러자 시아버지가 제일 좋아하셨다.

엄마와 아기 낙타

  엄마 낙타와 아기 낙타가 이야기를 나누고 있었다.

  아기 낙타 : 엄마, 나는 왜 큰 발톱이 세 개나 있어?

  엄마 낙타 : 그건 우리가 사막을 걸을 때 사막에 빠지지 않기 위해서야.

  아기 낙타 : 엄마, 그럼 내 등에 큰 혹은 왜 있는 거야?

  엄마 낙타 : 그것은 우리가 사막에 오랫동안 여행할 때 섭취할 영양분을 그곳에 저장해 놓은 거야.

  아기 낙타 : 엄마, 우리는 동물원에서 무얼 해?

  엄마 낙타 : …….

효과적인 긴급 처치

길을 가다가 갑자기 응가가 마려울 때의 긴급처치법이다.

*되도록 슬픈 생각을 하라. – 급한 상황을 잠시 잊을 수 있다.

*똥고에 전신의 기를 모아준다.– 기의 힘으로 밀려 나오는 응가를 물리칠 수 있다.

*자장가를 불러주라 – 녀석에게 편안함을 준다.

*절실히 기도하라 – 녀석들이 감복한다.

*갑자기 웃어라 – 녀석들이 혼돈을 일으킨다.

*화장실이 가까워도 방심하지 말라 – 변기 앞에서 싸면 더 억울하다.

퀴즈 또 하나

삼성은 있지만 현대는 없다.
군자는 있지만, 소인은 없다.
오리는 있지만, 백조는 없다.
대화는 있지만, 토론은 없다.
신사는 있지만, 숙녀는 없다.
중동은 있지만, 남미는 없다.
강변은 있지만, 해변은 없다.
이것은 무엇?
〈정답〉지하철

갈비탕과 곰탕

숨 쉬는 것조차 힘들어 보이는 뚱뚱한 남자와 여자, 바싹 마른 남자와 여자, 그리고 키가 아주 작은 여자가 식당에 들어갔다. 종업원이 주문을 받았다.

"뭘로 드시겠습니까?"

이들은 갈비탕 보통 둘, 곰탕 보통 둘을 주문했다. 주문받은 종업원이 주방을 향하여 큰소리로 외쳤다.

"갈보 둘! 곰보 둘!"

물을 먹는 이유

남녀가 섹스 후에 물을 먹는다. 그 이유는?

*남자 - 조개가 짜서.
*여자 - 고추가 매워서.

아버지에게는 비밀

어느 시골 마을에서 일어난 일이다.

칠칠이는 옆 마을에 사는 영자와 결혼을 하겠다고 하자 아버지는 안 된다고 하신다. 그래서 그 이유를 묻자 아버지는 "영자는 사실 너와 피가 섞인 자매간이다."라고 말하였다.

얼마 후 또다시 칠칠이는 다른 여자와 결혼하겠다고 하니까 아버지는 똑같은 이유를 들어 반대를 하였다.

그래서 칠칠이는 하는 수 없이 어머니에게 말했다. 그러자 어머니가 하는 말,

"아버지에게는 비밀인데, 너는 누구와도 결혼할 수 있단다."

걸리버 소인국(小人國)에 가다

걸리버가 소인국을 찾아가서 미인대회에서 선발한 미인 50명과 섹스를 시도했으나 사이즈가 맞지 않았다.

미안하게 생각한 미녀 한 명이 걸리버의 물건을 손으로 만지며 사정을 시켰는데, 옆에 있던 49명은 모두 사망하였다.

사망 원인을 보면 다음과 같다.

*30 명은 익사.

*10 명은 선 물건이 넘어지면서 압사.

*7 명은 커진 것이 죽으며 껍데기에 끼어 질식사.

*2 명은 세면바리에 잡혀 먹힘.

택시 기사

택시 승객이 뭔가를 물어보기 위해 택시 기사의 등을 두드리자 택시 기사는 놀란 나머지 하마터면 앞의 버스와 충돌을 할 뻔했다. 가까스로 진정을 한 택시 기사는 손님에게 말했다.

"제발 다시는 그러지 마세요. 간담이 서늘했잖아요."

승객도 놀라기는 마찬가지였다. 승객이 사과를 하면서 말했다.

"어깨를 두드리는 것에 그렇게 놀랄 줄은 몰랐습니다."

그러자 택시 기사는 이렇게 말했다.

"실은 오늘 택시 기사로 첫 출근입니다. 게다가 지금까지 25년 동안 장의사 차만 몰았거든요."

조폭의 아들

아버지는 조폭인데 아들은 매일같이 얻어터지고 다닌다. 어느 날 그 날도 그 아들은 실컷 두들겨 맞고 돌아왔다. 이를 본 어머니가 측은하게 생각하여 머리를 감아주고 헤어드라이로 젖은 머리카락을 말려주었다. 그러자 조폭의 아들이 하는 말,
"우쒸, 오늘 하루 종일 열 받는구먼."

조폭 삼행시

*비디오
비 – 비디오입니다요. 형님.
디 – 디지게 야합니다. 형님.
오 – 오매~ 죽이는 거.

사투리 풍경

　　*경상도 – 종(鐘), 니 와 우노?
　　종은 누구를 위하여 울리나.
　　*전라도 – 댕기기 옹색혀서 어쩌야 쓰것 쓰라
우.
　　통행에 불편을 드려서 죄송합니다.
　　*경상도 – 뻘건 보루코 집 가시나 직인다 직여.
　　빨간 벽돌집 아가씨는 정말 이뻐요.
　　*충청도 – 깐겨 안 깐겨.
　　이 콩깍지는 깐 콩깍지냐 안 깐 콩깍지냐.

조폭 세 명

어느 날 험상궂게 생긴 조폭 세 명이 만났다. 그러자 무섭게 생긴 조폭이 하는 말,

"난 영웅파 김이야!"

그러자 더 무섭게 생긴 조폭이 말했다.

"난 호걸파 김이야!"

그러자 맨 마지막에 제일 험상궂게 생긴 조폭이 험상궂은 얼굴로 말했다.

"내는 초코파이야! 와 꼽노?"

남자를 평가할 때

여성이 남자를 평가할 때 키를 기준으로 하는 평가법이 있다.

1순위 – 키도 커 : 이것은 키도 크고 돈도 많다는 뜻이다.

2순위 – 키는 커 : 이것은 돈은 없고 키는 크다는 뜻.

3순위 – 키만 작아 : 이것은 돈은 있는데 키가 작다는 뜻.

4순위 – 키도 작아 : 이것은 돈도 없고 키도 작다는 뜻.

아름다운 그녀

A : 그녀의 아름다움은 부모로부터 물려받은 것일까?

B : 그렇다고 할 수 있죠. 그녀의 아버지가 성형외과 의사니까요.

담배와 며느리

시아버지와 미시부인이 저녁식사를 하는 중이었다.

시아버지 : 얘야, 요즈음 여자들 중에 담배를 피우는 여자가 많다고 하더라. 혹시 너도 담배 피우는 거 아니냐?

미시부인 : 어머, 아버님, 제가 어떻게 담배를 입에 댈 수 있어요? 당황한 표정으로 대답을 하던 미시 부인은 담뱃대를 터는 동작으로 손가락 사이에 끼어 있는 고춧가루를 털었다.

시아버지 : 어째 고춧가루를 터는 동작이 어디서 많이 본 것 같다.

화들짝 놀란 미시부인은 시아버지의 말씀이 끝나자마자 잽싸게 베어먹던 고추를 접시바닥에 던져 버렸다.

위병소에서

어느 부대의 위병소에서 일어난 일이다. 그 위병소에 처음으로 파견되었다.

신병인 김 이병은 첫날 군용차 한 대가 위병소 정문으로 들어오고 있었는데 차를 세운 김 이병은 물었다. "실례지만 누구십니까?"

"김대령이다."

"죄송합니다. 출입허가 스티커가 붙어 있지 않으면 출입을 허가할 수 없습니다."

그러자 화가 난 김 대령은 운전병에게 말했다.

"빨리 몰아! 시간이 없다."

그러자 신병인 김 이병은 대령에게 조용히 다가와서 말했다.

"저는 신병인데 잘 몰라서 그러는데요. 출입허가 스티커가 붙어 있지 않은 차량에 대해서 발포하라고 하는데, 운전병을 향해 쏠까요, 아니면 대령님을 향해 쏠까요?"

관계

한 재벌이 죽자 여러 명의 여자들이 슬프게 울고 있었는데, 상복도 입지 않고 허름하게 입은 여자가 제일 슬프게 울고 있었다.

가족들이 어떤 관계인지 묻자 그 여자가 하는 말,

"관계하지 않았기 때문에 울어요. 관계를 했더라면 얼마라도 받았을 텐데……."

시간 외 근무

수도 배관공이 여자가 사는 집에 수도관을 고치러 갔다. 여자가 미인이고, 여자도 수도배관공이 마음에 있어 결국 둘은 관계를 맺었다. 침대에서 한참 열나게 즐기고 있는데, 남편으로부터 전화가 왔다. 그때가 저녁 6시경이 되었다.

여자가 남편의 전화를 받고 나서 말하였다.

"남편이 지금 이리로 오고 있대요. 저녁 8시경에 회사에 다시 간다니까 그 때 다시 와요." 그러자 수도배관공이 하는 말,

"뭐요? 나보고 시간 외 근무하라고요?"

비결

80세나 먹은 할아버지가 20세밖에 안 되는 미모의 아가씨와 결혼을 하게 되자 그 친구들이 비결이 무어냐고 물었다.

"나이를 늘였어. 올해 나이 구십이라고 하고, 여러 가지 죽을병이 몇 개 들었다고 하니까 금방 시집오대."

남자 그리고 여자

*추억 : 남자는 총각 시절의 그리움에 빠지고, 여자는 결혼식 날의 추억에 빠진다.

*거울 : 남자는 우연히 거울 앞을 지나게 되면 자신의 모습을 보게 되지만, 여자는 반사되는 모든 물건(거울, 숟가락, 차창의 문) 앞에서 자신의 모습을 본다.

*통화 : 남자는 약속이나 있어야 통화를 하지만, 여자는 하루 종일 같이 있다가 헤어진 사이에도 잠자기 전에 통화를 한다.

*고양이 : 여자는 고양이를 좋아한다. 남자도 좋아한다. 그러나 남자는 여자가 안 보면 발로 찬다.

동업자

두 친구가 동업을 하다가 한 친구가 죽게 되었다. 죽기 직전에 친구를 불러서 말했다.

"친구야, 미안해. 사실 지난달 2억 빈 것 내가 썼어. 그리고 그 전달에 3천만 원 빈 것도 내가 술값에 썼어."

그러자 한 친구가 그 말에 대답하기를,

"괜찮아, 나도 고백할 게 있어. 너에게 쥐약을 먹인 것이 바로 나야."

무서운 아버지

한 남자가 암으로 죽어가고 있었다. 병 간호를 하던 아들이 아버지에게 물었다.

"아버지, 왜 세상 사람들이 아버지가 에이즈로 죽어가고 있다고 말해요."

그러자 아버지가 하는 말,

"내가 죽고 나서 아무도 네 엄마를 건드리지 못하게 하기 위해서다."

미제가 좋다

어느 돈 많은 과부가 그것이 큰 남자가 나타나면 천만 원을 주겠다고 광고를 내걸었다.

여러 명이 나타났으나 허벌레하게 큰 과부와는 상대가 되지 않았다.

어느 날 번쩍이는 대머리 아저씨가 나타나서 자기는 무드가 없으면 안 한다고 하면서 불을 끄라고 하였다. 불을 끄자 과부가 만져보니 양쪽에 잡히는 것이 있자 기분이 좋은 과부가 하는 말,

"미제인가 봐. 손잡이도 있고."

목욕탕에서

어느 부부가 마침내 아기를 낳았다.

아기를 데리고 목욕탕에 갔다. 그런데 아이가 아빠의 그것을 보고 하는 말,

"바로 저 놈이다. 내가 뱃속에 있을 때 밤마다 두들겨 패고, 내가 잡으려고 하면 침을 뱉고, 도망치는 놈이 바로 저놈이다."

노래 부르고 싶어요

세 살 된 아이와 엄마가 결혼식장에 갔다. 식이 한참 진행중인데 아이가 오줌이 마렵다고 하자 엄마는 아이를 데리고 밖으로 나와서 오줌을 누게 했다. 그리고는 아이에게 말했다.

"앞으로는 쉬 마려울 때는 엄마에게 '노래부르고 싶어요' 라고 말하란 말이야, 알았지?"

그 일이 있고 난 후 며칠이 지나 아이는 할아버지와 잠을 자다가 쉬가 마려우니까 할아버지에게 "노래부르고 싶어요." 하고 말했다.

그러자 할아버지가 아이의 귀에 대고 "아가 정 노래하고 싶으면 할아버지 귀에 대고 하렴."하고 말하였다.

내 마누라와 닮았어

아내가 남편의 마음을 떠 보려고 가발과 진한 화장, 처음 보는 옷 등을 차려 입고 남편이 다니는 회사 앞에서 기다렸다.

남편이 나타나자 그윽하고 섹시한 표정을 지으며 남편에게 다가섰다. "자기야, 응, 아저씨, 잉! 아저씨가 너무 멋져서 기다리고 있었어요. 저와 오늘 어때요? 멋진 밤을 보내면 좋겠는데, 첫눈에 당신을 사랑하게 됐어요."

그러자 남편이 하는 말,

"됐소, 댁은 내 마누라와 너무 닮아서 재수 없소."

타자기

어느 부부는 섹스의 암호를 '타자기'로 하기로
했다.

어느 날 딸아이에게,

"엄마에게 아빠가 타자해야겠다고 전해라." 하
고 말하였다.

그러자 엄마는 딸아이에게 "아빠에게 타자기가
붉은 물이 들었다고 해라."하고 말하였다.

며칠 후 엄마가 딸아이에게,

"아빠에게 가서 엄마가 이제 편지를 타자할 수
있다고 전해라." 라고 말하였다.

아빠에게 갔다온 딸아이가 엄마에게 이렇게 말
했다.

"아빠는 이제 타자 필요없고 아빠가 직접 편지
를 쓴대요."

은행에서

어느 할아버지가 자식들이 준 용돈으로 해외 여행을 가기 위해 돈을 바꾸러 은행에 들렸다.

할아버지 : 아가씨, 돈 좀 바꿔줘요.

은행직원 : "애나(엔화)로 바꿔드릴까요, 아니면 딸나(달러)로 바꿔드릴까요?

은행직원의 말에 당돌하다고 생각한 할아버지가 하는 말,

"이왕이면 아들 낳아줘."

시골의 임산부

강원도 어느 산골에 순진한 여자가 있었다. 그녀는 임신을 확인하기 위해 어느 산부인과를 찾아갔다.

의사 : 옷 벗고 준비하세요.

여자는 속으로 이래서 병원에만 오면 임신이 되는구나 생각하고 침상에 올라가서 차마 옷을 벗지 못하고 망설이자,

의사 : 어서 벗으세요.

그러자 얼마 후 여자의 반웃음소리가 밖으로 들려왔다.

"먼저 벗으세요."

마누라에게 팁을 주다

신혼여행을 갔다 온 남자에게 친구가 신혼여행 재미가 어땠느냐고 묻자 남자가 말했다.

"말마, 김샜어. 전에 하던 대로 자고 나서 마누라에게 팁을 줬잖아. 그랬더니 마누라가 팁을 받고서 뭐라고 말한 줄 알아?"

"그래, 뭐라고 했는데?"

"지금까지 팁 받은 중에 제일 많이 받았대."

목수의 한탄

다방 아가씨가 공사 현장에서 자신의 신세를 한탄했다.

"이년의 신세도 참 한심하지. 낮에는 못에 찔리고, 밤에는 xx에 찔리고.

그러자 그 말을 들은 목수가 하는 말,

"이 아가씨야, 나는 팔자가 좋은 줄 알아. 나는 낮에는 못을 박고, 밤에는 xx를 박고."

그러자 옆에서 들은 함밥집 아주머니가 하는 말,

"나는 낮에는 걸레를 빨고, 밤에는 xx 빨고……."

당신에 대해서 속속들이 알잖아

아내를 태우고 차를 몰고 가던 운전사가 난폭 운전을 하다가 트럭을 받았다. 마침내 트럭 운전 사와 시비가 붙었다.

"여보, 그냥 미안하다고 해요."

아내가 만류하는데도 불구하고 말싸움이 시작 되었다.

"좀 끼워줬으면 이런 사고가 안 났잖어? 이 좀 팽아!"

그러자 트럭 운전사가 한 마디 한다.

"이 머저리 같은 놈아! 마누라한테 쓸 힘도 없 는 놈아, 운전이 자신이 없으면 마누라한테 운전 대 맡겨라. 이 못난 놈아!"

그렇게 말하고는 트럭을 끌고 횡하니 떠나 버렸 다.

그러자 마누라가 물었다.

"저 사람 아는 사람이에요?"

"내가 저런 놈을 어떻게 알아?"

그러자 아내가 하는 말,
"당신에 대해서 속속들이 알잖아요."

개 짝짓기

개가 짝짓기 하는 것을 본 어린 딸이 엄마에게 말했다.

"엄마, 개가 왜 저렇게 하나로 붙어 있어요?"

뭐라고 말할지 난처해진 엄마가 말했다.

"아마도 개가 추운 모양이다."

그러자 어린 딸이 하는 말,

"거짓말, 서로 붙어 있는 것은 추워서 그런 거 아냐. 엄마 아빠도 더운 여름에 붙어 있었잖아."

정력 테스트

한 아파트에 사는 부인 셋이서 남편의 정력을 테스트하기로 했다. 옛날부터 전해 오는 방식으로 주전자에 물을 담아 남자의 물건에 달아 누가 오래 가나 하는 것으로 하기로 했다. 셋이 10만 원씩 내어 제일 오래까지 버틴 남편의 부인이 3십만 원을 가지기로 했다.

아파트 관리인을 심판으로 하여 세 남자가 모여 각자 거시기에 주전자를 달았다.

그런데 한 부인의 남편이 점점 시들어지자 그 부인은 다급한 나머지 치마를 벗어 자기 것을 가리키며 "이것 봐요, 이것 봐요." 라고 말했다.

그러자 남편의 것은 완전히 시들어서 주전자가 땅바닥에 떨어지고 옆에 있는 남자들이 그것을 보고 점차 세어지는 것이 아닌가?

군불

아들 둘을 데리고 사는 한 부부가 밤에 일을 하려니 큰놈이 자지를 않았다. 그래서 아버지가 큰놈에게 말했다.

아버지 : "너 나가서 군불 좀 때고 오너라. 그러자 큰놈이 밖에 나가서 불을 땠다.

아들이 나간 사이에 부부는 일을 치르고 있었다.

큰아들 : 이제 그만 때도 되지요?

아버지 : 아니다, 방이 아직 차다.

그러자 잠을 자고 있던 둘째 놈이 벌떡 일어나더니 하는 말,

"형, 그만 때. 방이 너무 뜨거워서 아버지가 엄마 배 위에 올라가 있어."

지렛대가 받치고 있어서

부부가 잠을 자고 있었다. 남편이 다리 하나를 슬쩍 아내 다리 위에 얹자, 아내는 다리를 치우면서 "무거워요."한다. 그러자 남편이 하는 말,

"참 이상하다."

그러자 아내가 "뭐가 이상해요?"라고 묻자, 남편이 "아니 80킬로인 내 몸이 올라갔을 때는 무겁다고 안 하더니." 한다. 그러자 아내가 하는 말,

"그때는 지렛대가 받쳐주고 있잖아요."

무인도에서

무인도에 여자 셋과 남자 하나가 표류되었다. 이 남자는 밤마다 여자 셋으로부터 성 노예가 되었다. 그런데 얼마 후 남자 한 명이 표류되어 그 섬으로 왔다. 먼저 와 있던 남자는 너무 반가워서 말했다.

"우리 나누어서 합시다. 당신은 월, 수, 금요일에 하고."

그러자 후에 표류된 남자가 하는 말,

"나는 호모예요."

그 소리를 들은 먼저 온 남자는 뒤로 벌렁 자빠졌다.

어느 한의사

한의사가 있었다. 그는 하고 싶어서 아내에게 갔다. 그 때 아내는 몸살을 앓고 있었다. 그러나 남편이 하도 원하니까 남편의 청을 받아들였다.

처음에는 반대하던 아내도 점차 흥분이 되어서 신음소리를 냈다. 일이 끝난 다음에 남편에게 말했다.

"나 몸살이 다 나았나 봐요."

그러자 한의사가 부인을 보고 의미있는 표정으로 말했다.

"당신, 육침에 대해서 못 들어봤소?"

내 몸이 라디오요

　결혼한 여자가 있는데, 남편은 섹스에는 관심이 없고, 라디오 듣는 일에만 관심이 있었다.

　하루는 남편이 샤워하는 틈을 타서 여자가 라디오를 숨기고 가장 섹시한 표정으로 침대에 누워 있었다.

　그러자 남편은 라디오를 찾았다.

　"내 몸이 라디오요. 우측에 있는 유방은 AM, 좌측은 FM."

　그러자 남편은 유방을 만지더니"소리가 안 나잖어?"한다. 그러자 부인이 하는 말,

　"콘센트를 안 꼽았잖아요."

봄나물을 파는 아줌마

시장에서 봄나물을 파는 아줌마가 있었다. 봄 냉이와 어린 쑥을 가지고 나와서 앉아 외쳤다.

아주머니 : 국거리 사세요! 국거리.

이 때 시장을 보러 나온 아저씨가 있었다.

아저씨 : 국거리 얼마예요?

아주머니 : 1500원요.

아저씨 : 쑥 빼고는요?

아주머니 : 1000원요.

아저씨 : 쑥 넣고는요?

아주머니 : 1500원이랑께요.

아저씨 : 쑥 빼고는요?

아주머니 : 그만하세요. 밑에서 물이 나오려고 해요.

북한 여자는?

한 바람둥이가 전세계를 돌면서 여러 나라 여자와
잠자리를 하고는 잠자리할 때 내는 소리를 적었다.
일본 여자 : 아~혼도.
러시아 여자 : 이노무쓰끼.
미국여자 : 오 마이갓, 오메.
마지막으로 북한 여자는 ,
오~동무.

북한 사투리

전구 : 불알.
샹들리에 : 떼불알.
긴 형광등 : 긴 불알.
형광등 초오크 전구 : 씨 불알.
남자 고추 : 모마락.
여자 거시기 : 몸 틈새.
섹스 하는 것 : 살곶이.

스튜어디스

착륙을 앞둔 비행기 기장이 안내 방송을 마치고 마이크를 끄는 것을 깜빡 잊고 부기장에게 농담삼아 말했다.

"지금 내게 가장 필요한 것은 섹스를 해줄 여자와 커피 한 잔 하는 걸세."

객실에는 손님들이 웅성거리기 시작했다.

그 때 스튜어디스가 기장에게 마이크가 꺼지지 않았음을 알리려고 달려가려고 하자 승객 중 한 명이 하는 말,

"커피 한 잔 가지고 가셔야지요."

전기

갓 결혼한 부부가 첫날밤을 맞았다.

약간 바보스러운 신랑이 신부의 손을 꼭 잡고 말했다.

"전기가 와?"

그러자 신부가 하는 말,

"꽂아야 전기가 오지."

까마귀 고기

　돈밖에 모르는 여자가 돈 많은 남자에게 시집을 갔다. 그런데 이 남자는 어떻게 밝히는지 밤마다 몇 번씩 요구해 생각다 못한 여자가 까마귀 고기를 사주면 잊어버리겠지 생각하여 까마귀 고기를 사다가 밥상에 놓았다. 그런데 까마귀 고기를 먹어도 여전히 여자를 찾았다.

　그 날 밤 몇 번을 하고는 또 하자고 덤비자 여자가 물었다.

　"지금 몇 번째인 줄 아세요?"

　그러자 남자가 하는 말,

　"미안해, 사실 올라간 걸 자꾸 까먹어서."

토끼 그림

출장 가는 남편에게 아내가 바람을 못 피우게 몸에 토끼 그림을 그려 놓았다.

남편은 바람을 피우고 토끼 그림이 지워지자 다시 자신이 토끼 그림을 그렸다.

그러자 그 날 밤 아내가 소리소리 질렀다. 왜냐하면 토끼 그림이 거꾸로 되어 있었다.

어깨 배도 되나

같은 날 결혼한 신혼부부 두 쌍이 제주도로 가는 비행기에 올라탔다. 한 쌍은 서울 사람이고, 다른 한 쌍은 경상도 사람이다.

서울 신부가 신랑에게 말했다.

"자기, 어깨에 기대도 돼?"

"응."

그러자 경상도 신부가 그 광경을 보고 부러워서 신랑에게 말했다.

"내 니 어깨 배도 되나?"

어명이오

연산군이 무수리와 대전에서 섹스를 하고 있었다. 체위를 뒤로 하는 형이었다. 그 때 영의정이 들어왔다.

"상감, 대전에서 이러시면 안 됩니다." 그러자 연산군이 말했다.

"영의정도 해보시오. 얼마나 좋은지."

그러자 영의정은 집에 돌아가서 자기 부인을 벗겨놓고 뒤로 하려고 하자 부인이 말했다.

"이런 짓은 기방에서나 하는 짓이오,"

그러자 영의정이 하는 말,

"가만히 있으시오. 어명이요."

색골계

색골계라는 엄청 정력이 좋은 닭이 있었다. 암탉은 물론 개도 건드리고 소도 건드렸다.

닭장 주인이 걱정되어서 말했다.

"그러다가 병이라도 나면 큰일이다. 적당히 해라."

그러자 색골계가 말했다.

"걱정마세요. 제 방식대로 살렵니다."

그러던 어느 날 색골계가 농장 뒤뜰에서 쓰러져 있었다. 농장 주인은 드디어 올 것이 왔구나 생각하고 다가서자 색골계가 하는 말,

"가만히 계세요. 지금 독수리를 기다리고 있는 중입니다."

대중탕과 독탕

60난 노인이 대중탕에 가서 때밀이에게 1만 원을 주고 때를 밀게 한 다음 집에 오는 길에 과부댁에 들려서 성관계를 한 후 5000원을 주었다.

"이게 뭐예요? 이십만 원은 줘야지요."

그러자 영감님은 말한다.

"내 몸 전체를 밀어도 1만원밖에 안 주는데 조그마한 내 물건 씻는데 5천 원이면 됐지 뭐그래?"

그러자 그 과부댁이 하는 말,

"거기는 대중탕이고, 나는 독탕이잖어요 안 그래요?"

우리 아빠 맞아

한 부부가 임신 중에 사랑을 나누었다. 그리고 얼마 후에 아기가 태어났다. 간호사가 아기를 엄마에게 데려다 주었다.

아가 : 우리 엄마 맞아?

엄마 : 그래, 아가! 내가 네 엄마란다.

아빠가 아기를 보러 방으로 들어왔다.

아빠 : 오 사랑하는 우리 아가.

아가 : 우리 아빠 맞아?

아빠 : 그래, 내가 네 아빠란다.

그러자 아가는 아빠머리를 손가락으로 막 찌르며 말한다.

"아빠, 이렇게 머리를 찌르면 좋아?"

프랑스 기차 여행

한 엄마가 프랑스에서 기차를 타고 여행을 하고 있었다. 앞에는 수도사가 앉아 있었다. 아이는 호랑이 그림이 있는 그림책을 보다가 무슨 생각이 났는지 엄마에게 물었다.

"엄마, 호랑이도 죽으면 천당 가?"

"아니, 짐승은 하늘나라 못 가."

"그럼 수도사는 하늘나라 가겠네."

"물론이지."

앞에 앉은 수도사는 흐뭇한 표정을 짓는다.

그러자 아이가 말한다.

"아, 호랑이가 수도사를 잡아먹으면 천당갈 수 있겠네."

고스톱 시조

〈단원고〉

  이 몸이 죽고죽어 광도 못 팔고 고쳐 죽어 청단에
홍단되어 피박이라도 있고 없고 쓰리고 향한 일편단
심이야 가실 줄 이시랴.

〈하여고〉

  광판들 어떠하며 쌍피판들 어떠하리 팔공산똥쌍
피 같이 판들 그 어떠하리 우리도 이같이 광팔아 오
광까지 누리리라.

자수성가한 기업 총수

자수성가한 어느 기업 총수가 자신의 성공 비결에 대해서 기자들에게 말했다.

"내 평소 지론은 언제나 월급이야말로 업무에서 사소한 부분이라는 거예요. 일에 충실하면 돈에서 얻는 만족보다 더 큰 만족을 얻을 수 있습니다."

"아, 그럼 사장님께서 그런 인식을 가지고 일을 하셨다는 겁니까?"

"아니지요. 내가 데리고 있는 사람들에게 인식시켰지요."

원위치

중대장이 선임하사를 불렀다.

"김 이병이 자네 분대에 있지?"

"네, 그렇습니다."

"김 이병에게 좋지 않은 소식이 있네. 그 부인이 고무신을 거꾸로 신고 미국으로 갔네. 자네가 그 사실을 김 이병이 충격을 받지 않도록 잘 전해주게."

"네, 알겠습니다."

선임하사는 부대에 돌아가서 전부대를 소집했다.

"한국에 아내가 있는 사람은 전부 앞으로! 자네 김 이병은 아니야. 원위치로."

목사 신랑

젊은 목사가 결혼을 하여 첫날밤을 맞았다. 목사와 신부는 옷을 벗고 침대에 들어가서 황홀한 일을 치르려고 하자, 목사는 벌떡 일어나더니 무릎을 꿇고 기도를 했다.

"하나님, 제게 힘을 주시옵소서. 저희를 올바르게 인도하소서."

기도 소리를 들은 색시가 말한다.

"힘만 달라고 하세요. 제가 인도해 드릴 테니까."

할머니의 생리

　76세가 된 할아버지가 경로당에서 70먹은 할머니
에게 오늘 밤 연애를 하자고 하자, 할아버지를 쳐다
보던 할머니는 할아버지가 별 볼일 없게 생긴 것을
보고 하는 말,
　"저 오늘은 안 돼요. 생리해요."

버스 기사의 욕설

버스 기사와 한 손님이 돈 때문인지 싸움을 하고 있다.

손님이 화가 나니까 버스 기사를 향하여 욕을 했다.

"평생 버스 기사나 해라!"

그러자 버스 기사가 맞받아쳤다.

"너는 평생 버스나 타고 다녀라."

성폭력 예방법

예쁜 아가씨가 고향인 지방에서 서울로 올라오는데 계속 혼자 운전하는 차만 골라서 타고 왔다고 친구에게 자랑한다.

그러자 친구가 물었다.

"그럼 너 봉변을 당했겠구나."

그러자 아가씨는 친구를 보고 말했다.

"운전사에게 내가 먼저 말했지. 서울에서 유명한 비뇨기과로 데려다 주면 된다고 했지. 그랬더니 쳐다보지도 않던데."

농구와 섹스의 차이점

〈농구〉

시간 제한이 있다.

아무데서나 할 수 있다.

쉴틈 없이 골을 넣을 수 있다.

골을 넣을 때 동료선수에게 넣으라고 할 수 있다.

〈섹스〉

오래 할수록 좋고 빨리 끝나면 뺨 맞는다.

아무데서나 했다가는 감옥 간다.

쉴틈 없이 했다가는 코피 터진다.

동료선수에게 넣으라고 했다가는 영원히 잃을 수
도 있다.

흔적

여러 여자와 성관계를 가졌지만 이런 여자는 처음 본다.

"아가씨, 이제 정리하고 헤어져요."

"그럼 흔적은 어떻게 하구요?"

"흔적은 무슨 흔적?"

"나는 처음이란 말이에요."

"요사이 의술이 발달해서 흔적은 없앨 수 있어요."

"아까 내가 빼라고 했을 때 뺐으면 이런 일이 없잖아요."

"그럼 왜 이런 데 왔어?"

"친구가 가보라고 해서요."

비율

보신탕집을 운영하는 주인이 개고기와 말고기를 섞어 팔다가 붙잡혀 재판을 받게 되었다.

판사가 비율을 어느 정도로 섞었느냐고 묻자 그는 50:50이라고 했다. 재판장은 그래도 반씩 한 것에 벌금 100만 원을 내라고 선고하였다.

재판장을 나서는 그에게 친구가 물었다.

"정말 50대 50이야?"

그러자 그는 씩 웃으며 말한다.

"개 한 마리와 말 한 마리씩 섞었지."

강도와 신사

신사가 길을 가다가 강도를 만났다.

강도 : 나는 강도다. 돈 내놔.

신사 : 안 돼. 우리 마누라가 강도를 만났다고 하면 믿을 것 같아?

그러자 강도가 신사의 멱살을 붙잡고 말하기를,

"그럼 우리 마누라가 내가 오늘 한 건도 못했다고 하면 믿을 것 같애?"

벌에 쏘인 여자

한 여자가 산부인과를 찾아와서 중절수술을 해달라고 한다. 의사가 너무 오래되었으니 남편을 데리고 오라고 하자 남편이 없다고 한다. 그러면 애 아빠될 사람을 데리고 오라고 하자 하는 말,

"50마리 이상이나 되는 벌에 쏘였다면 어느 벌이 직통으로 쏜 것인지 알 수 있어요?"

소원

"제발 싸지는 말아요."

그녀가 간곡히 말한다.

"오늘 밤은 꼬박 새도 좋고 흔들어도 좋고 피가 나도 좋아. 제발 싸지만 말아줘."

오늘 밤 정말이지 고스톱에서는 안 싸야 되겠다.

기도

독실한 기독교 신자인 총알택시 기사와 목사가 같은 날 천국에 갔다. 그런데 목사는 자신이 칭찬을 많이 들을 줄 알았는데 오히려 총알택시 기사가 칭찬을 많이 들었다.

그래서 따지자 하느님은 이렇게 말했다.

"너는 교인들을 졸게 했지만, 총알택시기사는 오히려 기도를 많이 하게 했다."

괜찮은 남자를 못 만나는 이유

1. 착한 남자는 못생겼다.
2. 잘생긴 남자는 착하지 않다.
3. 잘생기고 착한 남자는 이미 결혼했다.
4. 잘생기고 착하고 미혼인 남자는 능력이 없다.
5. 잘생기고 착하고 미혼이며 돈 많은 남자는 나에게 관심이 없다.

독약

죽음을 앞둔 남자가 눈물을 흘리면서 아내에게 고백했다.

"나, 당신에게 고백할 것이 있어. 나 당신 처제하고, 그리고 처제 친구와도 하고, 여러 명의 여자들 하고 했어."

그러자 부인이 말했다.

"알고 있어요. 그래서 내가 당신에게 독약을 먹인 거예요."

방귀뀌는 여자 유형

영특한 여자 – 재채기를 하면서 방귀를 뀐다.
소심한 여자 – 자기 방귀 소리에 놀라 펄쩍 뛴다.
자만한 여자 – 자기 방귀 소리가 제일 크다고 한
다.
불쌍한 여자 – 방귀 뀌다가 똥싼다.
멍청한 여자 – 몇 시간 동안 참는다.
불안한 여자 – 방귀를 뀌다가 참는다.

쇠의 종류

아내에게 무조건 복종하는 돌쇠.
일 만하고 돈만 버는 마당쇠.
아내의 비밀을 철통같이 말하지 않는 자물쇠.
아내의 마음을 항상 열게 하는 열쇠.
모진 풍파에도 가정을 지키는 무쇠.

표어 입상작

*동상 – 아내가 나를 위해 무엇을 할지 생각하기 전에 내가 아내를 위해 무엇을 할까를 먼저 생각한다.

*은상 – 나는 아내를 사랑한다. 고로 나는 존재한다.

*금상 – 나는 아내를 위한 역사적 소명을 띠고 이 땅에 태어났다.

*대상 – 내일 지구가 멸망해도 나는 아내를 위해 설거지와 청소를 할 것이다.

성형수술 후

성형수술을 앞두고 네 사람이 토론을 벌였다.

A : 성형수술 후 비행기를 타면 기압으로 꿰맨 자리가 터진다는데…….

B : 누가 그래. 말도 안 되는 소리.

C : 당연히 탈 수 있죠.

그 때 뒤에 앉아 있는 사람이 말한다.

여권 사진 하고 틀리면 못 타요.

변강쇠 부인의 편지

　변강쇠 부인은 밤마다 찾는 남편으로 인해 괴로워서 자기 아버지에게 편지를 썼다.
　아버지, 제 남편은 때와 장소를 가리지 않고 그걸 하려고 합니다. 어떻게 해주세요.
　〈추신 : 글씨가 흔들려서 죄송합니다.〉

할머니의 장례식

한 할머니의 장례식이 있었다. 관을 들고 가다가 벽에 관이 부딪치자 관에서 소리가 났다.

관을 열어 보니 할머니가 살아 있었다. 그 후 할머니는 10년을 더 살았다.

10년 후 장례식날 할아버지가 아들에게 하는 말,

"벽에 부딪치지 않도록 조심해라. 또 살아 나올라."

가사 노동

한 남자가 여자는 가사 노동으로 섹스를 할 의욕을 잃어버린다는 기사를 읽은 적이 있다. 그 기사를 읽은 후부터 그는 직장에서 돌아와서 가사일을 했다.

그러자 그의 부인은 친구를 만나서 자랑을 했다.

"저녁을 잘 먹고 나서 설거지 해주는 거 있지."

그러자 친구가 물었다.

"그 다음은 어떻게 됐어?"

"그는 아주 녹초가 되어버린 거야."

할아버지 부인의 임신

70이 다 된 노인이 산부인과를 찾아가 자기 아내가 겨우 20세밖에 안 되었는데 지금 임신을 했다고 자랑을 했다. 그래서 이상하게 생각한 의사가 진찰을 마친 다음 이렇게 말했다.

"제 친구가 산에 사냥을 하러 가서 곰을 만났는데, 가지고 있던 우산을 총으로 착각하고 곰을 향해 덤벼들었는데, 곰이 죽었습니다."

그러자 할아버지가 말했다.

"그럴 리가 있나? 누가 대신 총으로 쐈겠지."

그러자 의사가 말했다.

"제가 어르신에게 하고 싶은 말이 바로 그겁니다."

북극

한 여자가 결혼을 했다. 그런데 부인이 있는데도 남편이 계속 바람을 피웠다. 그래서 사정도 해보고 으름장도 놨지만 소용이 없었다. 그래서 마지막으로 생각한 것이 남편을 어디로 보내는 것이었다. 그리하여 남편을 보낸 곳이 바로 북극이었다.

그 어머니의 그 딸

　수업시간에 한눈을 팔고 있는 여학생의 어머니를 모셔다 놓고 상담을 하고 있었다.

　"따님을 대하면서 그런 기질이 있는지 파악하지 못했나요?"

　"선생님, 저 창틀은 알루미늄으로 만들었나요?"

엉뚱한 사람에게 돈을 준 사장님

어느 회사의 사장은 게으르고 나태한 직원들을 모두 해고시키기로 하고 공장을 둘러봤다. 그런데 한 사람이 우두커니 서 있는 것이 아닌가? 올커니 본때를 보여주겠다고 생각하고 그를 불렀다.

"자네 한 달에 얼마를 받지?"

"네, 1백만 원요."

사장은 주머니에서 일백만 원을 꺼내어 주면서,

"빨리 꺼져" 하였다. 그 젊은이는 돈을 받자 쏜살같이 갔다.

사장은 주위를 둘러보면서 말했다.

"아까 그 젊은이는 어느 부서에서 일했지?"

"피자배달꾼인데요."

어느 할머니의 연애

경로당에서 매일 보내던 어느 할머니는 나물을 캐러 산에 갔다가 젊은 사람에게 당했다.

그런 얘기를 경로당에서 하자 한 할머니가 물었다.

"얼굴은 봤소?"

그러자 할머니가 하는 말,

"얼굴 보려고 뒤로 돌아다보면 빠질 터인데 뭐하러 봐?"

그때부터 모든 할머니들이 산으로 가는 바람에 경로당이 비어 있었다.

년 시리즈

*미운 년 – 줄듯줄듯 하면서 안 주는 년.
*더 미운 년 – 한 번 주고 평생 안 주는 년.
*나쁜 년 – 나만 준 줄 알았는데 다 준 년.
*더 나쁜 년 – 나만 안 주고 다 준 년.
*얄미운 년 – 호텔방에 들어와서도 안 주는 년.
*더 얄미운 년 – 팬티까지 벗어놓고 안 주는 년.

놈 시리즈

　*미친놈 – 한 번 달라고 쫓아다니는 놈.
　*더 미친 놈 – 한 번 먹었으면 그만이지 계속 달라는 놈.
　*죽일 놈 – 먹을 때는 아무 말도 없더니 먹고 나서는 맛이 없다고 말하는 놈 .
　*개 같은 놈 – 먹고 나서 동네방네 소문내는 놈.
　*미운 놈 – 혼자만 하고 발랑 자빠지는 놈.

신혼 색시의 빨래 하는 날

달동네 여러 세대가 사는 다세대 주택에서 일어난 일이다.

다른 여자들이 빨래를 하면 비가 오는데, 신혼색시가 빨래를 하면 해가 쨍쨍 난다. 그래서 이상하게 생각한 동네 여자들이 모여서 신혼색시에게 물었다.

그러자 신혼색시가 말했다.

"남편의 고추가 좌측으로 넘어지면 그날은 비가 오니 그 날은 빨래를 하지 않구요, 우측으로 넘어지면 그 날은 해가 뜨니 빨래를 합니다."

그러자 한 아주머니가 물었다.

"만일 어느 쪽으로도 넘어지지 않으면······."

"그날 미쳤다고 빨래를 해요."

암소

부부가 가축전시장에 갔다. 한 황소에는 〈지난해 교미 50번〉이라는 표지가 붙어 있었다. 그것을 본 부인이 남편을 보고 말했다.

"일 년에 50번 했대요. 당신도 배워요."

한 바퀴 돌다가 가축시장을 나오는 순간 한 황소의 표지에 〈일년 365일 교미〉라는 표지를 보고 아내가 말하였다.

"저 황소는 매일 했다는 거네요. 당신도 배워요."

그러자 남편이 하는 말,

"저 황소에게 물어봐요. 일 년 동안 한 암소하고만 했는가?"

직업정신에 투철한 대담

1위 – 파출부 아줌마, 더 빨 것 없어요?

2위 – 치과의사, 더 크게 벌려 봐요.

3위 – 주차장 아줌마, 조금 옆으로 조금 위로, 예

4위 – 간호사, 옷 벗고 누우세요.

5위 – 엘리베이터걸, 어서 올라 타세요.

찜질방에서의 구별법

*언제 오는가?

부부 – 주말에 주로 온다.

불륜 – 평일에 이용한다.

*올 때 여자는?

부부 – 맨 얼굴로 온다.

불륜 – 여자가 화장을 하고 온다.

*요금은?

부부 – 쿠폰을 사용한다.

불륜 – 남자가 현찰로 낸다.

*탕에서는

부부 – 때까지 밀고 나온다.

불륜 – 샤워만 한다.

*휴식은?

부부 – 남들과 어울린다.

불륜 – 둘만 한적한 곳에서 누워 있다.

빨리 빼

만득이가 공원에서 여자를 낚았다. 키스를 하고
여관에 가자니까 수줍어하면서도 순순히 따라왔다.
　침대 상황도 좋았다. 기분이 절정에 이른 만득이
는 양심에 가책을 느껴서 말했다.
　"미안합니다. 나는 가정이 있는 유부남입니다."
　그러자 여자가 소리쳤다.
　"빨리 빼!"

세대별 성공의 의미

5세 때의 성공이란 바지에 오줌싸지 않는 것.
40세 때의 성공이란 돈을 버는 것.
60세 때의 성공이란 섹스에 성공하는 것.
70세 때의 성공이란 친구를 사귀는 것.
80세 때의 성공이란 바지에 오줌싸지 않는 것.

구두쇠 베스트 3

1위 : 대변을 보고 물 내리기가 아까워 소변으로 쓸어 내리는 사람.

2위 : 200자 원고지에 200자를 다 쓴 소설가.

3위 : 수면제를 샀다가 먹지 않고 잠드는 사람.

세대별 여자와 과일의 종류

여자의 나이에 따라 과일과 비유해 보았다.

*10대 : (호도) 까기도 어렵고 까 봤자 먹을 것이 없다.

*20대 : (밤) 까기는 정말 어렵지만 까기만 하면 그냥 먹어도 된다.

*30대 : (수박) 칼을 대기만 하면 쫙 벌어진다. 세상에 시뻘건 것이 보이는데 먹을수록 시원한 맛이 든다.

*40대 : 겉도 새빨갛고 속도 새빨간 것인데 이것은 물도 안 흐르고 맛도 없다.

*50대 : (토마토) 세상에 과일도 아닌 것이 과일가게 앉아서 날 먹어주소 하는 것이 가관이다.

*60대 : (곶감) 벽장 속에 깊이 숨겨 두었다가 심심하면 꺼내 먹기는 하지만 물기도 없고 질기다

현명한 할머니

우리나라 여성들에게 다시 태어나면 지금 남편과 다시 결혼하겠느냐는 질문에 90%가 아니라고 대답했다.

어느 교회에서 여신도들을 대상으로 똑같은 질문을 하자 어느 누구도 손을 들지 않았다. 그런데 할머니 한 분이 손을 들었다. 그래서 목사님이 그 할머니에게 물었다.

"사랑이 그렇게 깊었습니까?"

하고 이유를 물었더니 그 할머니의 대답,

"다 그놈이 그놈이여."

단추

남자가 남방 단추 1개를 풀면, 지성.
남자가 남방 단추 2개를 풀면, 개성.
남자가 남방 단추 3개를 풀면, 야성.
남자가 남방 단추 4개를 풀면, 실성.

연애를 위한 좋은 멘트

*응급처치할 줄 아세요?
(왜요) 당신이 제 심장을 멈추게 하거든.
*길 좀 가리켜주시겠어요?
(어디로 가는 길) 당신의 마음으로 가는 길.
*셔츠의 상표를 보여주실래요?
(왜요) 천사표인가 해서요.
*천국에서 인원 점검을 해야겠어요.
천사 한분이 사라졌으니까요.

관계 후 남자들의 변명

60년대 : 걱정마라. 티 안 난다. 니만 입 다물면 아무도 모른다.

70년대 : 고만 울어라. 내가 아무리 못나도 너 하나 책임 못지겠니?

80년대 : 사랑하니깐, 제발 딱 한 번만, 우리 사랑하는 사이잖아.

90년대 : 먼저 꼬신 게 누군데?

2000년대 : 이걸 원하는 게 아니었어.

접촉사고

도로에서 경미한 충동사고가 있었다. 승용차가 택시를 받은 것이다. 택시기사는 승용차의 오너가 부인인 줄 알고 소리쳤다.

"아줌마가 집에서 밥이나 할 것이지 왜 차를 몰고 나와서 말썽이야!"

그러자 아줌마는 이에 질세라 맞받아서 소리쳤다.

"쌀이 떨어져서 쌀 사러 나왔다. 왜!"

자살과 빵

러시아에서 일어난 일이다 . 너무나 삶이 팍팍하여 자살하기로 마음먹고, 어느 날 빵을 옆구리에 한 뭉치 끼고서는 철로에 누웠다.

지나가던 농부가 물었다.

"왜 그러구 계세요?"

"자살하려고요?"

"그럼 옆에 끼고 있는 빵은요?"

"열차가 오기를 기다리다가는 굶어죽는다고 해서요."

어느 기업총수

신경질적인 어느 기업총수가 병에 걸려 자리에 눕자 자신을 진찰할 의사를 불렀다.

"어디가 어떻게 아프십니까?"

의사가 물었다.

"어디가 안 좋은지 당신이 알아내야 하는 거 아니오?"

환자인 총수가 투덜거렸다.

"알겠습니다."라고 대답한 후 "한 시간쯤 다녀와야 하겠습니다. 가서 수의사를 데려오겠습니다. 보지도 않고 진찰할 수 있는 사람은 그 사람뿐입니다."

미래의 꿈

어느 초등학교에서 선생님이 장차 커서 무엇이 되고 싶으냐고 물었다.

제일 먼저 철수가 일어서서 말했다.

"저는 어른이 되면 달나라에 가는 우주선 조종사가 되고 싶습니다."

그 다음에는 영자가 일어서서 말했다.

"저는 어른이 되면 엄마처럼 예쁜 딸을 낳고 싶습니다."

그러자 제일 뒤에 앉아 있던 민구가 손을 들고 일어서더니 말했다.

"저는 딸 따위는 관심이 없고, 영자가 딸을 낳도록 돕고 싶습니다."

용서의 조건

어느 교회의 아동반에서 목사님이 물었다.

"용서를 받기 위해서는 무엇을 해야지요?"

아이들은 잠시 생각에 잠겼다. 그러자 한 아이가
일어서서 말했다.

"먼저 죄를 지어야지요."

엽기 상담원

질문 : 저는 45세의 중년 남성입니다. 요즈음 아랫배가 더부룩하고 콩을 먹으면 콩이 나오고 오이를 먹으면 곧바로 배설해 버립니다. 모르기는 몰라도 죽을병에 걸린 것 같습니다. 어떻게 하면 좋습니까?

상담원 : 똥을 먹어 보세요.

말보다 큰 아저씨

서울역 광장에 말 한 필을 세워놓고 말이 웃게 하는 사람에게 50만 원을 준다고 했더니 한 아저씨가 와서 말 귀에다 대고 뭐라고 말하니 말이 웃었다.

그래서 뭐라고 해서 말이 웃었느냐고 묻자 그는 말 귀에다 대고,

"내 물건이 네 물건보다 더 크다."고 했다고 하였다. 그래서 그는 상금 50만 원을 탔다.

뱀

  아담과 이브가 한국 사람이었다면 인류는 에덴 동산에서 아무런 걱정 없이 살았을 것이다.
  왜냐구요?
  뱀이 선악과를 따먹으려고 할 때 뱀을 잡아먹었을 테니까.

공과 여자

10대 - 당구공 : 이리저리 굴려도 아무런 구멍이 없음.

20대 - 축구공 : 보는 선수마다 서로 차려고 쫓아다녀도 골이 안 나옴.

30대 - 농구공 : 골이 자주 남.

40대 - 골프공 : 주인의 지배를 받음. 한 사람의 지배자를 잘못 만나면 영원히 찾지 못함.

50대 - 탁구공 : 자기쪽으로 오기만 하면 넘김.

60대 - 피구공 : 서로 안 맞으려고 피함.

70대 - 돼지오줌보공 : 공도 아닌 것이 냄새가 나니까 쳐다보지도 않음.

물리치료

한 여자가 자기 애인에게 말했다.

"자기야, 가슴이 이상해서 병원에 갔더니 의사선생님이 유방암인지 모르니 남편에게 살살 만져달라고 하래."

순진한 그 애인은 젖가슴을 살살 문지르기 시작했다. 그러자 여자가 하는 말,

"나 자궁암인지도 몰라."

개밥그릇

    시골마을에 골동품을 수집하러 다니는 남자가 있었다. 시골 어느 마을에 들렸더니 개밥그릇이 이조백자가 아닌가? 그래서 그 주인과 흥정하여 개를 50만 원에 샀다. 그가 개밥그릇인 이조백자를 가지려 하자 그것을 뺏으며 말했다.

    "내가 이 개밥그릇 때문에 똥개를 수십 마리 팔았다 이거요."

동업자

아파트 앞에서 리어커를 세워놓고 운동화를 한 켤레에 1만 원씩 팔고 있었다. 그 때 다른 운동화 장사가 나타나서 똑같은 운동화를 8천 원에 팔았다. 운동화는 금새 다 팔렸다. 앞에 1만 원에 팔던 아저씨가 결투를 신청했다. 그들은 뒷산에 올라가서 돈을 나누고 있었다.

월급봉투

붐비는 지하철에서 한 남자가 앞에 있는 여자의 히프를 만졌다. 여자가 화를 내자 남자가 도리여 네 주머니 속의 월급봉투가 닿아서 그러는데 뭘 화를 내느냐고 하자 그 여자가 하는 말,

"야, 임마. 월급봉투가 순식간에 몇 배로 불어나니?

베개의 용도

　시집간 딸이 석달 만에 친정으로 왔다. 반가운 친정 엄마는 이것저것 물어보았다. 그런데 딸이 하는 말이, "그 집에는 별난 가풍이 있어. 우리집에서는 베개를 머리에 베고 자는데 그 집에서는 허리에 차고 자."

맹구 아빠

맹구가 선생님에게 말했다.

"아빠가 전쟁때 겪은 이야기를 했어요. 아빠가 깡소주를 마시고 총탄 12발과 수류탄을 가지고 계셨는데 그 때 적이 나타나 12명을 총으로 쏴죽이고 20명을 폭사시켰대요."

그러자 선생님이 물었다.

"그래, 아빠의 이야기를 통해 무엇을 깨달았느냐?"

맹구가 대답했다.

"아빠가 술 취했을 때는 앞에서 얼쩡거려서는 안 된다는 것이지요."

성형수술

하나님 : 너는 100세까지 살 거야.

여자 : 정말로요?

얼마 후 그 여자는 성형수술을 했다. 100년 동안 예쁘게 살기 위해서. 그런데 그 다음날 그 여자는 죽었다.

그 여자는 하나님에게 따졌다.

"왜 거짓말 했어요?"

그러자 하나님이 말했다.

"너인지 몰라봐서."

자작소설

어느 대학교 문예창작과 교수님이 학생들에게 자작소설을 한 편씩 써오라고 하였다. 단 귀족적인 요소와 성적인 요소를 첨가하도록 하였다. 한 학생이 써왔다. 〈공주가 임신했다〉는 것이었다.

교수는 그 학생에게 다시 SF적인 요소를 가미하라고 하였다. 그러자 가지고 온 것이 〈별나라 공주가 임신했다.〉였다.

이번에는 미스터리 요소를 가미하라고 하였다. 이번에는 〈별나라 공주가 임신을 했다. 누구의 아이일까〉였다.

변변치 못한 달

중국에서 너무 겸손하기로 소문난 남자가 있었는데, 그는 말할 때마다 변변치 못하다는 것을 입에 달고 살았다.

어느 날 밤 손님을 초대하여 술이 얼큰히 들어간 다음 그 손님이 흥에 겨워 한마디 했다.

"오늘 밤 달도 밝고 멋진 밤입니다."

그러자 그가 하는 말,

"원 별말씀을 우리집 변변치 못한 달을 칭찬해주시니 몸둘 바를 모르겠습니다."

꿈 해몽

어느 남자가 꿈에 마릴린 몬로를 봤는데, 몬로가 히프를 보여주었다. 그런데 그 히프에는 왼쪽에는 1자가, 오른 쪽에는 7자가 써 있었다. 그래서 그는 17짜리가 들어 있는 복권을 모조리 샀다.

그는 10번이나 1등에 당선되었다.

임과 새끼손가락

  50년을 산 노부부가 이혼을 했다. 법원에서 도장을 찍고 나서면서 헤어지는 인사를 하는데, 할아버지가 입을 양손으로 짝 벌리면서 안녕~ 하고 인사를 하자 할머니도 인사를 하는데 새끼손가락을 까닥거리면서 영감도 안녕~ 하였다.

기차놀이

금슬이 좋은 부부가 단칸방에서 어린 아들 철이를 데리고 셋이 살았다. 어느 날 사랑놀이를 하는데, 기차 놀이로 하기로 했다. 마누라는 철로, 남편은 기차로 하기로 하고 철이를 업고 한창 일을 치르는데 무아지경이 되면서 철이가 등에서 떨어졌다.

그러자 밑에 있던 마누라가 "여보, 철이가 떨어졌어요." 하자 남편이 하는 말, "철이는 떨어져도 기차는 간다."

전공 살리기

"이봐, 자네 마누라는 화학과 나왔지?"
"그런데 왜?"
"살림에 도움이 되나?"
"되고말고."
"어떻게, 말해 봐."
"응, 어제 저녁에 갈비를 숯으로 만드는 데 성공했
지."

불쌍한 수험생

고3년생이 죽어서 염라대왕 앞으로 갔다.

염라대왕은 죽어라 공부하다가 죽은 학생이라 불쌍한 생각이 들었다.

"네 운명도 그지없이 가엾구나. 자, 천국과 지옥이 있다. 천국도 여러 가지가 있는데 어디로 가고 싶으냐?"

그러자 고등학생은 깜짝 놀라서 하는 말,

"어디가 미달이에요?"

전봇대의 반항

늦은 밤 중년 신사가 술에 취한 채 전봇대 앞에 서 있었다.

신사의 몸이 자꾸 흔들려 오줌을 누지 못하고 있자 그 옆을 지나가던 청년이 말했다.

"아저씨, 도와드릴까요?"

신사는 말했다.

"나는 괜찮으니 흔들리는 전봇대나 잡아줘."

30층 아파트

〈손님〉

　　나는 30층 아파트에 산다.

　　오늘은 엘리베이터가 고장이 났다.

　　나 집에서 자장면 시켰다.

〈배달원〉

　　오늘 어떤 놈이 30층 아파트에서 자장을 시켰다.

　　가 보니까 엘리베이터가 고장이 났다.

　　내가 먹고 내가 돈 채워 넣었다.

개 학교

훈련소에서 돌아온 개에게 주인이 물었다.
"더하기와 빼기를 배웠어?"
개는 고개를 끄덕였다.
"글 읽는 것도 배웠고?"
개는 다시 고개를 끄덕였다.
"외국말도 배웠니?"
개는 "야옹"하고 대답했다.

부자父子 겸용

엄마가 석달된 아이에게 젖을 먹이고 있는 방에
다섯 살 된 아들이 들어왔다. 아기가 젖을 먹는 것을
물끄러미 바라보더니 하는 말,
"간밤에 아빠가 몽땅 먹어버린 줄 알았더니……."

여자 울리는 남자들의 상투적인 말

*다시 연락드릴께요 - 다시 만나고 싶지 않다는 암시이다.

*남자 친구가 많은 것 같은데요 - 자신이 매력있다는 뜻으로 받아들이면 헛물켠다.

*참, 개성이 뚜렷하네요 - 한마디로 못생겼다는 뜻이다.

*연락해도 돼죠? - 여자가 섭섭해 할까봐 하는 소리다.

*성격 참 좋으시네요 - 칭찬이 아니라 욕이다.

*이상형이요? 없어요 - 이런 남자일수록 조건이 까다롭다.

천생연분인 부부

밤낮 술독에 빠져 살아 부부싸움이 그칠 날이 없는 남자가 있었다. 그 친구가 물었다.

"자네 어떻게 결혼했나?"

"응, 술에서 깨어 보니 그녀가 거기에 있더군."

오뎅과 김밥

오뎅은 김밥을 매우 싫어했다. 겉과 속이 다르다는 이유로. 어느 날 주인이 잠시 나간 틈을 타서 오뎅은 포크를 집어 김밥을 마구 찔렀다. 이어서 들리는 고통스러운 소리,

"그만, 그만, 제발 그만."

한참을 찌르다 지친 오뎅이,

"겉과 속이 다른 네가 싫어!"

그래서 김밥이 하는 말,

"지는 순댄디유."

유머스캔들

1판 1쇄 발행 | 2010. 11. 25
1판 2쇄 발행 | 2012. 9. 25

엮은이 | 한미소
펴낸이 | 이현순

펴낸곳 | 백만문화사
서울시 강서구 초록마을로 176, 1동 401호(화곡동, 미성아파트)
대표전화 (02)325-5176 | 팩시밀리 (02)323-7633
신고번호   제315-2012-000015호
E-mail | bmbooks@naver.com
홈페이지 | http://bmbook.com.ne.kr
Translation Copyright©2010 by BAEKMAN Publishing Co.
Printed & Manufactured in Seoul Korea

ISBN 978-89-85382-96-0 00810

값 6,500원

* 잘못된 책은 바꾸어 드립니다.